FAUX SANGLANTS

Par Claude BARANES

Chapitre I

Marc Belot n'avait pas mis longtemps pour trouver un poste de collaborateur dans un cabinet d'avocats traitant des affaires de contrefaçon. Il devait se rendre aujourd'hui-même au cabinet Meyer et Bayar, l'un des principaux cabinets d'avocats parisiens spécialisés.

Et pourtant il n'était pas destiné à faire carrière dans cette spécialité juridique. Il avait même choisi les études de droit autant par hasard que par nécessité, car elles lui paraissaient à sa portée. Mais, en s'inscrivant, il n'avait aucune idée de la profession et de la carrière qui l'attendaient.

La vie ne l'avait pas aidé. Enfant de l'Assistance Publique, Marc Belot avait financé ses études grâce aux bourses de l'Etat et aux boulots du soir. Il vivait dans une chambre d'un petit hôtel du 17ème arrondissement de Paris, à proximité des périphériques, en échange de quelques heures de surveillance et de gardiennage trois nuits par semaine. Les autres nuits il livrait des pizzas.

Et puis, il se révéla excellent étudiant, obtenant une mention bien à chaque examen de fin d'année.

L'un de ses professeurs de quatrième année, Jean-Pierre Le Dantec, s'était attaché à cet étudiant brillant, et avait personnellement suivi, en apprenant sa situation familiale et personnelle, son parcours universitaire et post-universitaire.

Comme ce professeur dirigeait également un troisième cycle en droit de la copie, il conseilla à Marc Belot de suivre cette filière.

- Vous verrez, Monsieur Belot lui avait-il dit, cette matière offre de nombreux débouchés. Faites moi confiance.

Ce professeur lui avait fortement déconseillé les autres matières : *« N'allez pas fouiner dans la vie des familles en traitant des divorces. Le droit pénal ! Je vous le déconseille, sauf si vous aimez rester bloqué des heures entières sur l'autoroute A6, entre Paris et Fleury. Le droit social c'est encore poussiéreux. La copie, ça c'est l'avenir, et puis choisissez aussi un cabinet à taille humaine,* avait-il rajouté. *Evitez ces nouveaux cabinets anglo-saxons, même s'ils possèdent un département droit de la copie, ce ne sont que des usines à rendement ».*

De plus, Le professeur Le Dantec avait été un excellent pédagogue. Il lui avait fait aimer cette matière.

Dès son premier cours, Jean-Pierre Le Dantec avait su trouver les mots et le ton pour captiver son auditoire.

- *Depuis la nuit des temps, tout est copie*, expliquait-il à ses nouveaux étudiants. *Il n'y a qu'un seul créateur, sachez le. L'humain est un copieur, un suiveur, si vous préférez. Tout le monde copie tout le monde. Vous avez choisi le droit de la contrefaçon,vous allez découvrir la véritable nature de l'homme. Un pied dans la vérité, un autre dans le mensonge. Ne cherchez pas le bon pied. L'un a besoin de l'autre. Sans la copie, la création perd sa raison d'être. Le stylo avec lequel vous écrivez, est-il un stylo de marque ou une copie ? Auriez-vous mauvaise conscience de réussir votre examen, si l'objet serré entre vos doigts était un faux ? Non, bien sûr. Et le polo que vous portez ? Vous vivez sans le savoir, dans un monde où réalité et illusion se confondent. Mais il vous appartiendra de départager le vrai du faux, la vérité du mensonge. Or, la frontière est imperturbablement mouvante. Qui est créateur, qui est copieur ? C'est la question fondamentale de mon cours. C'est souvent une partie de chasse, vous serez parfois chasseur, parfois gibier. Mais ma comparaison s'arrête là, car en contrefaçon le copieur n'est pas aussi facilement identifiable, alors que dans une partie de chasse, les règles sont claires, le chasseur c'est celui qui porte le fusil.*

Tout l'amphithéâtre avait éclaté de rires quand Jean-Pierre Le Dantec tapant du poing sur la table avait annoncé : « *Maintenant, vous êtes avertis, ceux ou celles qui ne veulent pas suivre mon cours, sont libres de se lever* ».

Personne bien entendu ne s'était levé.

Marc Belot se souvenait encore de ce premier cours si différents des autres, prenant son auditoire à rebrousse poils. C'était presque un éloge, un hymne à la contrefaçon. En tout cas, il n'avait rien d'académique.

Tout en se préparant pour son rendez-vous, Marc Belot se remémorait sa dernière année de droit.

Jean-Pierre Le Dantec semblait très attentif à la réussite de Marc Belot. A la fin de chaque cours, il lui faisait signe pour qu'il le rejoigne ou l'attende.

C'était clair, mon cours, alors vous ne regrettez pas cette matière ? Lui demandait-il à chaque fois. Et Marc Belot au début intimidé s'habitua à ces rapports privilégiés entretenus avec ce professeur.

En fin d'année, son excellente note en main, Marc Belot l'avait remercié. Jean-Pierre Le Dantec lui avait répondu par une de ses formules mystiques qu'il appréciait tant : « *Vous avez traversé sans encombre mon cours sur la contrefaçon, c'est maintenant à la contrefaçon de vous traverser* ».

Désormais le droit des dessins et modèles, le droit d'auteur, le droit des marques n'avaient plus aucun secret pour lui.

Seul le droit des brevets l'avait ennuyé, car trop technique selon lui. Il avait fait une impasse, apprenant le strict nécessaire pour obtenir une note honorable.

Se confiant même à son professeur à propos de ses lacunes en matière de droit des brevets, son professeur le rassura. On ne peut être bon sur tout lui avait-il dit.

Devait venir le choix de son mémoire pour clôturer l'année, et tout naturellement c'est son professeur qui lui proposa un sujet : la Chine et la contrefaçon.

Marc Belot travailla intensément sur ce thème très vaste. L'Internet aidant naturellement pour la documentation, et son professeur le guidant et le corrigeant dès qu'il s'éloignait du sujet, Marc Belot avait réussi en quatre mois à rédiger 90 pages documentées de graphiques, de photos, de statistiques.

Tout y était passé : prêt-à-porter, maroquinerie, pièces détachées, médicaments, microprocesseurs, aliments, jouets etc.

Marc Belot avait passé au crible tout ce qui ce fabriquait sur la planète et tout ce que copiaient les chinois.

Il intitula son mémoire : « *La Chine : contrefaçon ou création, l'heure du choix* », car après un énoncé d'un état des lieux, sa conclusion tendait à démontrer que les chinois devenant l'une des premières puissances économiques changeaient radicalement de politique. L'heure était à la création et non plus au pillage de celles des autres

Il sortit major de sa promotion avec une note de 18/20.

À l'appel de son nom, le jour de la remise des diplômes, son professeur qui prononçait pour chaque étudiant une simple formule de félicitation et d'encouragement pour son entrée dans la vie active, ajouta à l'adresse de Marc Belot : « *Voilà un étudiant que les cabinets d'avocats vont se disputer* ».

Diplôme en mains, sa recherche de collaboration avait été de courte durée, alors qu'en moyenne six mois étaient nécessaires pour trouver un premier poste.

Il attendait une réponse du cabinet Meyer et Bayar. Le premier entretien lui avait laissé une très bonne impression. Il avait été reçu par le principal collaborateur.

Muni d'une lettre de recommandation du professeur Le Dantec, il était très optimiste. Pour lui, cela ne faisait aucun doute, il intégrerait bientôt ce cabinet.

Seulement, ce professeur était depuis décédé.

Au départ, il s'étonnait de ne plus avoir de ses nouvelles.

À l'Université, on lui répondait que le Professeur Le Dantec était parti à l'étranger.

Au bout de dix jours, l'appel à son poste direct renvoyait systématiquement vers le standard.

Il abandonna ses appels, le jour où une voix mécanique annonçait que le numéro de téléphone composé n'était plus attribué.

Et, puis, quelques jours plus tard, il apprit le décès du professeur Le Dantec. La rubrique nécrologique du journal « Le Figaro », rappelait que le Professeur Le Dantec était un éminent spécialiste du droit de la contrefaçon. S'intéressant aux législations étrangères et principalement à celles des pays d'Extrême Orient, il avait été chargé par les autorités chinoises de proposer une refonte totale de leur législation sur les droits d'auteur et la répression de la contrefaçon. La mission confiée au professeur Le Dantec, disait l'article, était une mission quasiment herculéenne, car elle consistait à changer les mentalités et combattre une culture millénaire. Pour les autorités chinoises, qui souhaitaient prendre une place prépondérante au sein de l'Organisation Mondiale du Commerce, la contrefaçon ne devait plus être considérée comme une activité lucrative, mais comme une activité à bannir.

Puis, l'article relatait les circonstances de son décès.

Ce jour là, le Professeur Le Dantec présentait, lors d'une conférence se tenant dans un grand hôtel de Shanghaï, ses premiers travaux qualifiés de très prometteurs. Au milieu de son discours, il fut soudain victime de difficultés respiratoires et de douleurs musculaires. Les médecins sur place qui lui prodiguèrent les premiers soins, attribuèrent ces symptômes à un simple coup de chaleur et au surmenage. La conférence, d'abord suspendue, fut ensuite annulée, quand les médecins décidèrent son transport à l'hôpital. Au cours de son transfert, il sombra dans le coma pour ne plus se réveiller, malgré toutes les tentatives de réanimation.

Selon les autorités chinoises, M. le Professeur Le Dantec était mort d'un effondrement soudain des fonctions respiratoires. Tout au plus, les instances sanitaires chinoises rassurèrent leurs homologues français, en écartant toute probabilité d'un décès dû à la grippe aviaire qui sévissait dans certaines régions du pays.

Le corps devait être rapatrié en France, pour y être incinéré selon les vœux laissés par le décédé. Cependant, les démarches administratives, longues et exténuantes pour les membres de sa famille, incitèrent cette dernière à solliciter une crémation sur place. Les autorités sanitaires françaises, inquiètes d'une éventuelle contamination par la grippe aviaire, appuyèrent cette démarche. Le corps fut donc incinéré à Shanghaï et les cendres du professeur rapatriées dans une petite boîte.

C'est le lendemain de la parution de cet article que Marc Belot reçut dans sa boîte aux lettres électronique, la confirmation de son engagement par le cabinet Meyer et Bayar.

Il avait rendez-vous le jour même à 14 heures 30 avec Maître Armand Meyer en personne.

Cette bonne nouvelle n'effaça pas le choc de l'annonce de la mort du professeur Le Dantec. Il avait le cœur gros de ne pouvoir partager cette information avec celui qui lui avait fait découvrir et aimer le droit et les secrets de la copie.

Mais, il devait désormais se consacrer entièrement à cette lettre de convocation et à son rendez-vous de 14 heures 30.

Il ne souhaitait pas pour le moment en parler à Juliette, sa petite amie.

Il l'avait connue à l'Université, en quatrième année. Elle avait emménagé avec lui dans la chambre d'hôtel. Elle avait aussi réussi brillamment ses études de droit et obtenu son certificat d'aptitude à l'exercice de la profession d'avocat. Aussitôt diplômée, elle a été embauchée par un de ces cabinets anglo-saxons qui engageaient à tour de bras. Elle s'occupait d'opérations de fusions-acquisitions et de droit boursier, matière détestée par-dessus tout par Marc Belot. Depuis, il la voyait peu. Elle partait travailler vers huit heures du matin et ne revenait jamais avant vingt-deux heures. Son cabinet étant une d'un important cabinet de la côte ouest des Etats-Unis, le gros de son activité commençait donc vers quinze heures, pour finir tard le soir.

Juliette aimait les chiffres, les tableaux, les bilans, les comptes. C'étaient des indicateurs devenus très familiers. En un coup d'œil, elle pouvait déjà classer l'entreprise dont les documents étaient entre ses mains comme une cible intéressante ou au contraire un cadeau empoisonné. Les honoraires pratiqués par son patron lui paraissaient exorbitants, mais elle finit par s'y habituer.

Quand Marc Belot s'étonnait donc de la voir partir alors si tôt le matin, elle lui répondait que son cabinet avait aussi des clients français. Ces cabinets étaient bien de véritables usines à rendement, elle n'y résisterait pas plus de trois mois, pensait-il, se rappelant les paroles du professeur Le Dantec à leur sujet. Naturellement, Marc Belot avait dû mettre son opinion dans sa poche, quand Juliette lui montra le premier virement mensuel reçu sur sa banque, rémunération qu'aucun cabinet français n'était capable d'offrir à des premières années.

Elle avait intégré ce cabinet anglo-saxon depuis déjà trois mois, dont Marc Belot ignorait tout, jusqu'au nom.

Marc Belot au contraire n'aimait pas trop les chiffres. Il savait qu'il n'éviterait pas le calcul du montant du préjudice subi à la suite d'une contrefaçon, mais à la lecture des nombreuses décisions rendues en cette matière, il releva que ben souvent le montant des indemnités était fixé plus ou moins forfaitairement. Et puis, pensa t-il, cela sera une occasion de demander un coup de main à Juliette.

Il s'inspecta une dernière fois dans le seul miroir de sa chambre.

Son costume gris n'était pas d'une première fraîcheur, et quelques faux plis se dessinaient sur son pantalon. Marc Belot n'avait jamais été versé dans l'élégance, gardant toujours le style étudiant. Mais aujourd'hui était différent, il entrait de plein pieds dans la vie active et dans une profession où les apparences constituaient un capital. Il avait une haute estime de la profession d'avocat et ne s'imaginait pas un avocat débraillé, même dessous la robe. Sa chemise blanche était donc impeccable, l'ayant repassé lui-même la veille au soir. Il ajusta sa cravate, donna un dernier coup de brosse à ses chaussures et sortit. A vingt sept ans, Un bel avenir s'annonçait pour lui. Fini les galères et certainement les restrictions. Le long du chemin, Il garda le sourire, mais ne put s'empêcher de penser au professeur Le Dantec.

Chapitre 2

L'adresse du cabinet Meyer et Bayar se situait avenue Hoche, à mi-chemin entre l'Etoile et le parc Monceau. Une adresse prestigieuse. La grande porte de l'immeuble s'ouvrait sur un hall gigantesque tout revêtu de marbre gris. Sur l'un des murs, le nom des locataires était inscrit en lettres dorées.

Quasiment l'ensemble de l'immeuble était occupé par des cabinets d'avocats. Deux médecins, un dermatologue et un phlébologue, faisaient figure d'intrus.

Marc Belot chercha le nom du cabinet Meyer et Bayar. Le Cabinet était situé au troisième gauche de l'Escalier A.

Claustrophobe, il n'empruntait jamais les ascenseurs. Il grimpa les escaliers sans se presser, pour ne pas se provoquer une poussée de sueur qui aurait pu faire mauvais effet.

Il sonna.

- Je suis Monsieur Marc Belot, j'ai rendez-vous avec Maître Meyer, dit-il à une secrétaire sans âge qui lui avait ouvert la porte.

Elle le fit entrer dans une petite salle de conférence. Deux hommes et deux femmes, tous d'à peu près son âge, étaient assis autour de la table de réunion.

Etonné de ne pas être seul, il les salua machinalement avant de s'asseoir. Il ouvrit sa sacoche, sortit un dossier cartonné et sa lettre de convocation tout en la dissimulant à l'intérieur du dossier.

Il se demandait, bien que le soupçonnant fortement, si ces autres personnes avaient été comme lui, convoquées pour le poste de collaborateur et cela l'agaçait.

Devait-il se soumettre à une épreuve de sélection ? Etaient-ils comme lui candidats ? Ces questions le taraudaient.

Pourtant, la lettre du cabinet Meyer et Bayar était sans ambiguïté. Il avait bel et bien été engagé.

Il la relut, discrètement, pour la énième fois.

Cher Monsieur,

Nous avons le plaisir de vous informer que notre cabinet a retenu votre candidature pour compléter son équipe « contrefaçon ».
Afin de finaliser nos accords, vous voudrez bien vous présenter à notre cabinet le 3 novembre à 14 heures 30, où vous serez reçu par maître Meyer pour discuter des conditions de votre embauche.

Dans l'attente de vous recevoir,

Recevez, cher Confrère, l'assurance de nos sentiments confraternels.

Cabinet Meyer et Bayar

Le « cher confrère » lui avait fait chaud au cœur, car Il n'était pas encore officiellement avocat. Pour cela, il devait prêter serment et pour prêter serment, il devait au préalable se munir d'une lettre d'engagement d'un cabinet d'avocats. Il ne s'agissait donc plus que d'une simple formalité.

Les quatre jeunes personnes assises autour de la table, avaient-elles reçue la même lettre ?

- Vous êtes aussi convoqués pour le poste de collaborateur, se décida-t-il finalement à leur demander pour en avoir le cœur net.

Tous opinèrent de la tête. Ils s'étaient déjà posé la même question.

L'une des deux jeunes filles ajouta :

- Le cabinet Meyer et Bayar renouvelle totalement son équipe, m'a-t-on dit, enfin......d'après ce que j'ai compris.

Un autre, un grand mince à lunettes, à l'accent du sud, poursuivit :

- Parait-il que l'ancienne équipe a été débauchée par un cabinet américain. Nous sommes donc censés les remplacer.

L'atmosphère s'était soudainement détendue.

- Et si nous faisions les présentations ? demanda l'autre garçon

Chacun se présenta.

Tous venaient d'une Université différente, sortis majors de leur promotion après avoir présenté un mémoire traitant de la contrefaçon en Chine.

Ils se présentèrent en suivant un tour de table.

- Je me présente, Jean-Pierre Davisson, j'arrive d'Aix-en-Provence

- Moi, c'est Marie-Christine Lebelle, Université Lyon 2

- Vera Delaroche, parisienne, de Paris 2 Assas

- Christian Long, Nanterre Paris 10.

- Marc Belot, aussi parisien mais de Paris 1 Panthéon-Sorbonne

La porte s'ouvrit, deux hommes pénétrèrent.

- Bonjour, je vois que vous êtes au complet, je me présente Armand Meyer, dit le plus âgé. Je ne vous présente pas maître Moritari avec qui vous avez eu un premier entretien.

Chapitre 3

Maître Meyer avait la soixantaine, et la portait bien. Il paraissait fatigué, les traits tirés et des poches sous les yeux étaient à moitié cachées par des lunettes légèrement teintées.

Le son de sa voix paraissait hésitant, et rauque comme celle d'un grand fumeur. Pourtant, Maître Meyer ne fumait pas. Un petit écriteau posé sur la cheminée de la pièce rappelait au personnel et aux collaborateurs l'interdiction formelle de fumer.

- Maître Moritari va se charger de vous présenter notre cabinet, les raisons de votre engagement, et bien entendu les conditions de votre collaboration.

Maître Meyer semblait respirer difficilement.

- Vous voudrez bien m'excuser, je dois vérifier quelques dossiers. Il se leva.

Maître Meyer n'avait aucun dossier à vérifier, mais il sentait que quelque chose n'allait pas. Mais quoi ? Ce matin, il avait ressenti des violents maux de têtes, puis avait éprouvé des difficultés à respirer, et un léger voile semblait s'être déposé sur ses yeux. Pour se rassurer, il se rappelait ses dernières analyses médicales datant d'à peine deux semaines qui n'avaient relevé qu'un très léger excès de cholestérol. Quant à son dernier test d'effort, il correspondait à celui d'un jeune homme de trente ans.

Une sensation de chaleur lui parcourait tout le corps, mais le plus désagréable était cette difficulté respiratoire qui l'étreignait, et le son de sa voix qu'il ne reconnaissait pas.

Comprenant le mauvais spectacle offert à ses futurs collaborateurs, il les salua et se retira.

- Bien, dit Maître Moritari, une fois Maître Meyer sorti, je pense que Maître Meyer est victime d'un grand épuisement physique. C'est normal, il a fait face à un afflux de dossiers au moment-même où son équipe est partie à la concurrence. Ne voulant pas embaucher n'importe qui pour la remplacer, ses plages de sommeil n'ont pas dépassé trois heures par nuit.

Maître Moritari poursuivit, en dévisageant un à un les cinq jeunes personnes.

- Maître Meyer vous a choisis au vu de vos seuls résultats universitaires. Sur le papier vous êtes les meilleurs, mais cela ne veut pas dire grand-chose, et nous ferons en sorte que vos performances soient à la hauteur de vos CV.

Comme vous le savez, et vous êtes là pour ça, notre cabinet est spécialisé dans la contrefaçon.

Cinq de nos collaborateurs sont partis. Ils ont été embauchés par un cabinet américain, le cabinet Blake et Fergusson. Un de ces nouveaux cabinets anglo - saxons qui embauchent à coup de dizaines de milliers d'euros. Ils formaient pourtant l'une des équipes les plus performantes en droit de la contrefaçon. Curieusement, nous l'avons appris récemment, aucun d'eux ne traite aujourd'hui de cette matière. Ils seraient tous confinés dans des activités juridiques touchant au droit boursier ou financier. Quel gâchis pour quelques milliers d'euros par mois de plus ! Vous avez donc été choisis pour les remplacer. Maître Meyer et moi même avons étudié vos différents mémoires. A part quelques erreurs, relevées par-ci par-là, nous les avons jugés parfaits. Nous comptons désormais sur vous.

Notre cabinet s'efforce de garder une taille humaine poursuivit maître Moritari et nous optons pour la qualité et non pour une quantité pléthorique de collaborateurs.

Naturellement, nous ne vous offrirons jamais un salaire aussi important que celui offerts par ces confrères anglo-saxons. En revanche, vous conserverez toujours votre liberté dans le traitement des dossiers, et la liberté n'a pas de prix, vous l'apprendrez vite. Vous traiterez les dossiers dans leur ensemble et non pas par petits morceaux, comme dans ces cabinets anglo-saxons. J'espère que vous serez opérationnels d'ici trois à quatre mois.

On ressentait dans le discours de maître Moritari une sorte de détestation à l'encontre des cabinets anglo-saxons. Il est vrai que ces cabinets s'étaient particulièrement développés en moins de deux décennies. Au début, ils ne faisaient pas d'ombre aux cabinets français, se cantonnant aux rapprochements de grandes entreprises, activité encore embryonnaire chez les avocats français, plus enclin à travailler le pénal, le droit de la famille, et autres contentieux. Puis, petit à petit, ce domaine devenant plus en plus rentable s'est ouvert aux avocats français qui commencèrent à délaisser les prétoires et s'attaquèrent aux fusions et acquisitions pour se faire une place parmi les gros cabinet anglais et américains déjà installés les plus beaux quartiers de Paris et qui paradaient en tête du classement des cabinets le plus riches les plus rentables et les plus prestigieux.

La contrefaçon restait encore du domaine de quelques cabinets français. Mais quand la contrefaçon commença à faire la une des journaux, quand elle devint une activité très rentable, les cabinets anglo-saxons, s'y engouffrèrent à leur tour.

Le cas du cabinet Blake et Fergusson restait cependant pour maître Meyer assez énigmatique.

Pourquoi débaucher des avocats spécialisés en contrefaçon pour leur confier des dossiers totalement étrangers à cette matière ?

Pour l'instant la question était restée sans réponse.

- Nos clients ont été jusqu'à présent majoritairement des victimes de la contrefaçon continua maître Moritari. Depuis deux années, nous nous sommes ouverts à une nouvelle clientèle venue de Chine. Cette clientèle n'est pas, comme vous pouvez le penser, composée de copieurs, bien au contraire, la tendance est inversée. C'est aujourd'hui une idée reçue, et nous avons été chargés par l'ambassade de Chine de faire évoluer les mentalités. Il existe encore de grandes poches de résistance, notamment dans la mode et les jouets. Mais demain la Chine sera un pays de création et non plus de contrefaçon.

Maître Moritari regarda tour à tour chacun des nouveaux collaborateurs.

Nous nous sommes permis, au vu du profil de chacun, de vous attribuer vos postes. Pour simplifier ma tache, je vais commencer par la plus jeune d'entre vous et finirai donc par le plus âgé.

Maître Moritari étala sur la table cinq dossiers.

Il se tourna vers Vera Delaroche et ouvrit celui portant son nom.

- Notre cabinet s'occupe de tous les domaines où sévit la contrefaçon. L'un des plus importants, la mode, grand terrain de chasse des copieurs, est essentiellement traité dans votre mémoire. Vous travaillerez dans ce domaine.

Vera Delaroche sourire aux lèvres opina de la tête.

- Quant à vous, Marie-Christine Lebelle, nous avons noté votre intérêt pour les nouvelles technologies, d'après votre mémoire, l'Internet n'a pas de secret pour vous. Donc tout ce qui relève de cette matière passera entre vos mains.

Il se tourna ensuite vers Jean-Pierre Davisson.

- Selon votre CV, vous consacrez vos loisirs à mettre au point toutes sortes d'inventions et vous participez chaque année au concours Lépine. Vous êtes un intellectuel habile de ses mains, ce qui est rare, de nos jours. Notre cabinet a besoin de juristes mais aussi de techniciens, c'est votre profil. Vous serez donc chargé du département droit des brevets.

Pour le moment, chacun avait acquiescé avec le sourire.

Il restait à donner les attributions à Christian Long et à Marc Belot.

Marc Belot n'avait aucune préférence, mais était heureux de ne pas avoir été affecté au département droit des brevets. Il aurait cependant bien aimé s'occuper de la contrefaçon dans le domaine de la mode attribuée à Vera Delaroche.

Maître Moritari fixa Christian Long.

- Nous vous proposons deux vastes départements : le droit des marques et le droit d'auteur. Ils sont totalement différents, vous le savez, mais traiter les deux à la fois permet de ne pas se scléroser dans l'un ou dans l'autre.

Marc Belot fit grise mine, il se demandait quel autre domaine lui serait attribué, car il n'en voyait pas d'autres, sauf ceux traitant des appellations d'origine, appellations contrôlées, ou des obtentions végétales, matières qui ne le passionnaient guère.

Maître Moritari lut son désarroi sur son visage.

- Vous avez tous compris que Marc Belot est le plus âgé d'entre vous. Maître Meyer et moi-même avons donc décidé pour cette raison de lui attribuer le poste de superviseur. Il sera à votre disposition, et bien sûr réciproquement.

S'adressant à lui :

- Vous ne traiterez pas d'un domaine particulier, mais de tous. Dites-vous bien que c'est le privilège de l'âge.

- C'est un réel privilège, je vous en remercie, répondit Marc Belot, même si selon lui il ne pouvait avoir tout au plus que quelques mois de différences avec les autres collaborateurs.

Maintenant nous allons parler de vos rémunérations.

A ce même instant, un appel au secours se fit entendre à l'extérieur de la salle de réunion.

- Appelez un médecin ! Le Samu !

Dans son bureau, maître Meyer avait fait un malaise s'effondrant de tout son corps sur le sol.

A l'intérieur de la salle de conférence, l'ambiance était à l'évidence différente. Maître Moritari s'était levé pour porter assistance. Les nouveaux engagés ne sachant que faire, restaient silencieux.

Les pompiers arrivèrent au bout de dix minutes. L'un d'eux s'agenouilla près du corps étendu, tata le pouls et commanda à un collègue de placer un masque à oxygène sur le visage de maître Meyer. Le responsable de l'équipe n'hésita pas une seconde : on l'emmène à l'hôpital dit-il.

Sur le chemin qui l'emmenait aux urgences maître Meyer n'avait toujours pas repris connaissance.

En revenant dans la salle de conférence, maître Moritari cacha son inquiétude.

- Un simple malaise -dit-il. Compte tenu des circonstances, nous reprendrons notre discussion demain. Rendez-vous ici à la même heure.

Tous se levèrent, et quittèrent le cabinet. Leur journée était terminée.

Marc Belot, libre de son après-midi, ne rentra pas directement chez lui. Il marcha pour faire le point dans sa tête, à la fois satisfait de son embauche et du poste de responsabilité qu'on lui avait confié, mais inquiet de l'état de santé de son nouveau patron.

Quant à Vera Delaroche, elle décida d'aller rejoindre pour la journée ses parents qui habitaient Chaville, dans l'ouest de Paris.

Elle s'embarqua dans sa Peugeot 206. Il faisait beau. Sur la RN 118, il n'y avait à cette heure que peu de circulation. Elle était heureuse de s'occuper du domaine de la mode dans le cabinet Meyer et Bayar. Bien entendu, elle était inquiète de l'état de santé de Maître Meyer, mais, de nature optimiste, elle finit par se convaincre qu'il se rétablirait vite. Toujours dans ses pensées, elle ne remarqua pas en haut du virage, le trente cinq tonnes qui roulait à vive allure presque sur la voie de gauche. Au dernier moment elle analysa que ce camion fonçait droit vers elle. Mais il est dingue ! eut-elle juste le temps de crier, tout en donnant un coup de volant vers la droite. Le camion avait anticipé cette manœuvre, et le choc fut brutal. La Peugeot 206 s'encastra sous le camion. Vera Delaroche fut décapitée.

Au même moment, dans l'une des salles de réanimation de l'hôpital où avait été admis maître Meyer, les médecins tentèrent une dernière fois de refaire redémarrer son cœur. Mais en vain.

Un des médecins indiqua sur son bulletin : décès à 16h35.

Chapitre 4

Le commandant de bord Philippe Devillard avait à son actif plus de cinq mille heures de vol. L'arrivée à Bangkok était prévue dans six heures trente. Tout s'était parfaitement déroulé. Comme aucune perturbation atmosphérique n'avait été annoncée, le vol AF 164 Paris -Bangkok sur AIRBUS A340 serait pour Philippe Devillard un nouveau vol de routine.

Systématiquement il s'offrait simplement quelques minutes d'assoupissement après deux heures de vol. Depuis 2000, ses minutes d'assoupissement dirigeaient ses pensées vers le souvenir de son collègue et ami, lui aussi commandant de bord, mort dans le crash du Concorde en juillet 2000. Il n'avait jamais été convaincu par l'explication officielle : l'avion qui roule sur une lamelle de métal provoquant l'éclatement d'un pneu. Un bout de ce pneu transperçant l'aile et mettant ainsi le feu au réservoir. Il avait continuellement en mémoire ces images d'un vidéaste amateur filmant le Concorde et son réservoir en flammes. Cette réaction en chaîne l'avait laissé dubitatif. Il avait maintes fois roulé sur toute sorte d'objets non ramassés par les services de nettoyage des pistes. Et pourquoi, se demandait-il, un seul accident avait mis un terme à la carrière de cet avion, alors que Boeing et Airbus avaient à leur passif plusieurs milliers de passagers qui n'étaient jamais arrivés à destination ?

Pour Philippe Devillard quelque chose n'avait pas été dite dans ce crash,

Une légère vibration lui parcourut les jambes et le fit sortir de ses réflexions. Cette vibration dura tout au plus deux à trois secondes.

- Vous avez ressenti quelque chose ? demanda t-il à son co-pilote.

- Non, répondit Ludovic Lequestre, le jeune co-pilote.

- J'ai ressenti comme une vibration sous mes pieds.

- Il n'y a rien qui cloche, précisa le co-pilote après avoir jeté un rapide coup d'œil à tous les voyants de contrôle.

Philippe Devillard était quand même inquiet, car rien n'expliquait cette vibration.

- C'est mon imagination, dit-il simplement, mais pour rassurer son jeune co-pilote

Le vol se poursuivit sans problème pendant une demi-heure.

La nouvelle vibration ne fut pas plus forte mais plus longue.

- Cette fois, j'ai ressenti quelque chose précisa, le co-pilote.

Philippe Devillard connaissait son avion. Il avait passé la grande visite obligatoire après vingt-quatre mille heures de vol. A cette occasion certaines pièces étaient remplacées. Il était aux commandes d'un avion encore plus sûr qu'un avion neuf.

Il envoya le message : légères vibrations inexpliquées dans la cabine de pilotage.

Ce message reçu par les opérateurs au sol fut analysé, mais ne suscita aucun signe d'inquiétude.

Trente minutes plus tard, ce fut toute la cabine de pilotage qui trembla déclenchant l'allumage du signal lumineux au dessus des passagers : « *attachez vos ceintures* », et l'annonce du commandant de bord.

- *Mesdames et Messieurs, c'est votre commandement de bord qui vous parle. Nous traversons en ce moment une zone de turbulence. Par mesure de sécurité, nous vous demandons de regagner vos sièges et d'attacher vos ceintures.*

L'annonce de la traversée d'une zone de turbulence devait paraître totalement anachronique pour les passagers installés près des hublots qui observaient la luminosité du ciel, et pour certains, les rayons du soleil s'écrasant sur les ailes.

Ceux, habitués à ce vol long courrier sans encombre se sont peut être simplement posés des questions, pendant les cinq minutes qui suivirent cette annonce et celles précédèrent un bruit curieux entendu à l'avant de l'avion.

Ce bruit ne ressemblait à rien, certainement pas une explosion. Un peu comme un « crac », un morceau de bois que l'on brise. Anodin, mais inquiétant.

Le second bruit ressemblait à un grondement suivi d'un sifflement.

Les « Tu as entendu.... » « Qu'est ce c'est.... » fusèrent cette fois à travers la cabine des passagers.

Le troisième était beaucoup plus impressionnant que les précédents.

C'était comme une machine rotative qui creusait l'intérieur du ventre de l'avion. L'avion commença alors à piquer du nez. Les maques à oxygène tombèrent devant les visages des passagers, ce qui eut pour unique conséquence d'aggraver le vent de panique à l'intérieur de l'avion. La descente fut soudaine, mais elle dura moins d'une minute, ce qui parut une éternité pour les passagers complètement tétanisés. Peu d'entre eux eurent le temps d'appliquer le masque à oxygène sur leur visage. L'avion, dans un vacarme assourdissant, se cassa en deux et disparu des contrôles radars.

Chapitre 5

La RN 118 avait été bloquée de part et d'autre provoquant deux bouchons de plusieurs kilomètres.

Les pompiers et ambulanciers arrivés sur place avaient tout de suite compris qu'aucun corps ne sortirait vivant de la Peugeot 206. Maigre consolation, il n'y avait aucun autre passager.

En revanche, la cabine du camion était vide. Les pompiers forcèrent la porte arrière pour visiter l'intérieur. Le chauffeur victime certainement d'une crise de nerfs s'y étant sans doute réfugié. Les pompiers s'attendaient à découvrir un homme prostré ou en transe. Mais il était vide. Tout était complètement vide. Aucune marchandise, aucun colis, aucune trace de quoi que ce soit. C'était un trente cinq tonnes, et pas un gramme de plus, qui avait ainsi avalé la Peugeot 206.

Le chauffeur du camion avait disparu, complètement volatilisé. Un policier chargé du rapport nota : délit de fuite caractérisé.

- Il est stupide ce chauffeur, on le retrouvera obligatoirement, il faut contacter son entreprise, dit-il à l'un de ses collègues en relevant le nom et le numéro de téléphone de la société inscrit sur l'un des côtés du camion.

Quelques minutes plus tard, ce collègue se présenta.

- La société n'existe pas, le numéro de téléphone est celui d'une vielle dame qui nous dit ne rien comprendre à cette histoire de poids lourds, elle nous a donné le téléphone de son fils, en déplacement qui nous rappellera. Quant à la plaque minéralogique, elle est fausse. Il faut prévenir le Procureur.

Pendant ce temps, à cinq kilomètres, un homme accélérait le pas pour rejoindre une voiture grise. Il s'y engouffra. Le chauffeur démarra, emprunta plusieurs détours, afin de se retrouver volontairement coincé, dans le sens Paris-province, par le bouchon provoqué par l'accident de la RN 118

A la radio, toutes les stations cessèrent leur émission pour annoncer dans un flash spécial le crash du vol AF 164 Paris -Bangkok, et la mort de ses cent-quatre-vingt-deux passagers et de ses neuf membres de l'équipage. Les journalistes meublèrent en énumérant dans un décompte macabre le nombre des victimes des précédents accidents. Ce crash n'était pas un des plus mortels. On n'oublia pas de rappeler que l'avion reste tout de même le moyen de transport le plus sûr, et bien entendu l'existence des incontournables boites noires, lesquelles, de couleur jaune, devaient selon la radio, être très vite retrouvées, l'avion ne s'étant pas abîmé en mer.

Chapitre 6

Le cabinet Bergmann et Bergmann était un cabinet d'avocats également spécialisé dans le droit de la contrefaçon.

Maître Max Bergmann, son fondateur, était l'un des grands spécialistes reconnus du droit de la copie dans le prêt-à-porter. Naturellement, l'activité de son cabinet s'était développée à tous les autres domaines et le prêt-à-porter n'en constituait plus qu'une infime partie. Mais Max Bergman aimait cette matière qui avait fait sa renommée. Les rois des faux « *schmatès* » (1) aimait-il ainsi se présenter à ses amis. Il racontait sans cesse cette histoire qui circule depuis toujours dans le milieu de la confection, celle des parents qui demandent à leur enfant : « Bien, maintenant que tu es diplômé des Universités, tu choisis quoi : Confection homme ou confection femme ? » Finalement, tout en poussant le plus loin possible ses études, il ne s'était pas tellement démarqué de cette histoire, en se spécialisant dans les copies de tissus, de robes et de pantalons. (1) Chiffons en yiddish

Enfant, ses parents avaient une entreprise de gros dans le Sentier. Il avait donc baigné dans ce milieu, passant le plus clair de son temps, à la sortie de l'école, à se cacher dans l'immense réserve, entre les robes, les jupes et les pantalons. A l'age de six ans, jouant à cache-cache avec deux de ses camarades, il s'était dissimulé dans un carton-penderie. Il avait manqué d'étouffer, quand s'étant aperçus de sa cachette, ses deux acolytes avaient fermé la boîte et scotché hermétiquement son ouverture, le laissant se débattre et crier à l'intérieur pendant un quart d'heure, avant de le libérer. Depuis ce jour là, il craignait le noir et l'enfermement et une grosse contrariété se terminait en malaise.

Ce soir, il préparait un dossier qui se plaidait demain matin. Il se l'était réservé car c'était une affaire de « chiffons ». C'est ainsi qu'il les appelait dans son cabinet.

Son téléphone sonna.

- Vous avez le cabinet Meyer et Bayar au téléphone, c'est pour l'audience de demain.

- Je le prends, répondit Maître Max Bergmann à sa secrétaire.

- Maître Moritari au téléphone, le collaborateur de Maître Meyer.
Le petit monde de la contrefaçon se côtoyait continuellement dans les prétoires. Chacun se connaissait et s'était établi aux yeux des uns et des autres une solide réputation. Bonne ou mauvaise, selon les cas. Pour Max Bergmann, son confrère Meyer était un adversaire redoutable mais très

respectable. Il savait que toute son équipe contrefaçon avait été débauchée par un cabinet anglo-saxon et qu'il était donc affaibli.
Il s'attendait pour cette raison, à une demande de renvoi de l'affaire.

En décrochant, il se préparait à répondre positivement. Même la veille de l'audience, cela pouvait se comprendre.

- J'ai une triste nouvelle à vous annoncer, déclara Maître Moritari, Maître Meyer est décédé.

On ne sait jamais quoi répondre à l'annonce d'un décès si ce n'est par des : « Comment çà ? », « Comment c'est arrivé ? », « C'est pas possible, je l'ai vu encore la semaine dernière », « Je suis désolé ».

Maître Bergmann ne dérogea pas à la règle.

- Comment ça ? dit-il simplement
- Il a eu un coup de fatigue ce matin, et ne s'est pas senti très bien ensuite. Il a fait un malaise, on l'a transporté à l'hôpital, il est mort sans qu'on ait pu le réanimer.
- Je suis désolé, finit par lâcher Maître Bergmann. Je me tiens à votre disposition si vous avez besoin de quoi que ce soit.
(1)- Demain matin, nous enverrons un collaborateur auprès de la troisième pour solliciter le renvoi. Vous n'y voyez pas d'inconvénient ?(1) Troisième chambre du Tribunal de grande instance de Paris spécialisée dans la contrefaçon.

- Aucun. Vous savez quand aura lieu l'enterrement ?
- Non, c'est trop tôt.
- Ce n'est peut-être pas le bon moment pour en parler, poursuivit Max Bergmann, mais nous sommes à nouveau adversaires.

Je suis l'un des avocats dans l'affaire des produits « Sangaï ». Je représente un des grossistes distributeurs assignés par votre cliente pour vente de produits contrefaisants.

Se ressaisissant, Maître Max Bergmann ajouta :

- Pardon, je veux dire argués de contrefaçon par votre cliente aucune décision n'a encore été rendue.

- Nous avons effectivement noté votre présence dans ce dossier. C'est un dossier que Maître Meyer suivait personnellement. Je ne peux donc rien vous en dire pour le moment. Avez-vous reçu l'ensemble des pièces?

Max Bergman se souvenait que la semaine dernière, un coursier avait livré un petit paquet avec au-dessus, le tampon du cabinet Meyer et Bayar. J'espère qu'il n'y a pas une robe pliée en quatre dans ce paquet ? Avait-il plaisanté auprès de la secrétaire qui signait le reçu.

Il avait ouvert le paquet. C'étaient des boîtes. Apparemment des boîtes de produits homéopathiques. Après les avoir rapidement étudiées, il les avait remises à son collaborateur Jean-Michel Delalande en charge du dossier.

- Oui, nous avons bien reçu les pièces du dossier.

- Je vais devoir vous laisser, dit Maître Moritari, j'ai de nombreuses personnes à prévenir.

- Vraiment désolé pour maître Meyer, prévenez-moi de la date d'enterrement.

- Je n'y manquerai pas.

Ils raccrochèrent.

Max Bergmann encore sous le choc de l'annonce du décès de Maître Meyer ferma le dossier qui ne serait donc plus plaidé demain. Il appela par la ligne intérieure son collaborateur Jean-Michel Delalande.

Il laissa sonner plusieurs fois, sans réponse.

Il sonna dans la salle de réunion. Une personne décrocha.

- Je cherche Jean-Michel, il est à vos côtés?

- Non, il doit être dans son bureau.

- Je sonne, mais il ne répond pas.

Max Bergman raccrocha, se leva et se dirigea vers le bureau de son collaborateur.

Il frappa à sa porte puis ouvrit.

Le corps de Jean-Michel Delalande était étendu sur le sol, son visage était gonflé. Il tenait ses mains autour de sa gorge.

Chapitre 7

Le lendemain, après une nuit agitée, les sentiments de Marc Belot oscillaient entre, allégresse de démarrer une carrière dans l'un des plus prestigieux cabinets d'avocats spécialisé dans la contrefaçon, et tristesse. Il avait téléphoné en fin d'après midi pour prendre des nouvelles de maître Meyer et on lui avait apprit son décès. Le rendez-vous n'avait pas été annulé, mais simplement décalé d'une demi-heure, et chacun, lui avait dit la secrétaire, devait être reçu en tête-à-tête avec Maître Moritari.

Marc Belot se remit à penser au professeur Le Dantec. Il ne put s'empêcher de faire un rapprochement, entre l'homme qui l'avait accompagné pendant sa vie universitaire et celui qui lui avait offert un premier poste à la sortie de l'université. Tous les deux étaient décédés. Même si rien ne rapprochait ces deux décès, c'était quand même pour Marc Belot un macabre point commun.

Il sortit à la station Charles de Gaulle-Etoile, et marcha tranquillement en direction du cabinet Meyer et Bayar. En ce début de mois de novembre, l'été indien résistait aux assauts d'un automne encore bien timide. Nombreux étaient les parisiens en bras de chemise, veste à la main tenue au-dessus de l'épaule. Marc Belot n'avait pas informé Juliette de son embauche. Elle était rentrée très tard, vers vingt-trois heures, et il s'était endormi. Le lendemain à son réveil elle était déjà partie. Il avait tenté de la joindre sur son portable, mais tombait à chaque fois sur sa boite vocale, et ne voulait pas lui laisser un autre message que « rappelle moi, j'ai deux nouvelles à t'annoncer, une bonne et une mauvaise ». À quatorze heures quarante-cinq elle n'avait toujours pas appelé.

Bien que plongé dans ses pensées, il aurait pu remarquer l'homme en imperméable marron qui le suivait à courte distance depuis la sortie du métro, tellement le port d'un imperméable par ce temps paraissait inapproprié.

Cet homme le suivit jusqu'à l'entrée de l'immeuble, s'assura que Marc Belot y pénétra, sortit son portable et composa un numéro.

Comme la veille, Marc Belot grimpa les escaliers, toujours angoissé à l'idée de rester enfermé dans un ascenseur. À l'intérieur, les mines étaient tristes, mais l'activité n'avait pas été suspendue.

- Maître Moritari vous attend dans son bureau, dit une secrétaire, c'est la première porte à gauche après la porte vitrée.

Marc Belot n'avait pas eu la veille l'occasion de visiter le cabinet. C'était un très grand appartement avec de longs couloirs de distribution s'ouvrant sur des pièces plus ou moins grandes, attribuées aux différents collaborateurs en fonction de leur ancienneté. La porte du bureau de Maître Moritari était déjà ouverte.

- Prenez place Marc, dit-il en désignant un des sièges faisant face à son bureau. Vous permettez que je vous appelle Marc.

- Bien sûr.

Marc Belot remarqua, bien en vue sur le bureau de Maître Moritari, un gros dossier sanglé, sur lequel était inscrit : Pour : La société Trimax corporation Contre : La société Biotechnic et autres.

- Ce sera votre premier dossier, c'est un dossier dont s'occupait Maître Meyer, lui dit Maître Moritari.

Sa ligne intérieure sonna. Maître Moritari décrocha.

- Je la prends, dit-il.

Marc Belot se cala dans son siège pour laisser se dérouler tranquillement la conversation téléphonique, fixant son regard sur ce qui devait être son premier dossier.

- Croyez bien que je le regrette Mademoiselle…… C'est votre libre choix……..Je ne peux que vous souhaiter bonne chance……

Maître Moritari raccrocha.

- Il me semble que vous n'étiez pas intéressé par les nouvelles technologies. C'était Marie-Christine Lebelle, votre consoeur qui renonce à travailler pour notre cabinet. Elle aurait eu une offre intéressante. Enfin….. Si toutefois ce secteur vous intéresse, il est à vous. Mais j'aimerai pour le moment vous confier cette affaire, dit-il en montrant le dossier sanglé posé sur son bureau. Prenez-le, lisez-le et on en parle demain matin. Venez, je vais vous accompagner à votre nouveau bureau.

Maître Moritari prit le dossier, et se leva pour accompagner Marc Belot.

- A propos dit-il, nous n'avons pas parlé de votre rémunération. Vous trouverez une enveloppe dans le premier tiroir gauche de votre bureau. C'est votre contrat de collaboration. S'il vous convient, et je pense qu'il vous conviendra, il vous suffira de signer le double, avec la mention « bon pour accord ». Enfin, je ne vous apprends rien, mon cher Confrère.

Dossier à la main, Maître Moritari fit signe à Marc Belot de le suivre.

Chapitre 8

Jean-Pierre Legendre, inspecteur des douanes à Roissy avait l'œil et le flair. Les documents douaniers qui étaient sous ses yeux l'interpellaient. Ils n'avaient pourtant rien de suspect, mais quelque chose avait attiré son attention, sans trop savoir quoi.

Ces documents se rapportaient à de l'importation de Chine d'articles de prêt-à-porter. Dix sept mille chemises, Trois mille cinq cents polos, cinq mille deux cent cinquante paires de chaussures de sport. Le tout réparti dans vingt-cinq caisses en bois.

Qu'est-ce qui pouvait bien clocher dans ce document ? se demandait-il.

Il connaissait l'importance et le rythme des importations de prêt-à-porter venant de Chine. Celle-ci n'était pas plus, ni moins importante que les autres. Le commissionnaire en douane chargé de dédouaner la marchandise était une maison sérieuse. La marchandise venait directement de Chine, sans détour par d'autres pays, comme c'est souvent le cas lorsqu'il s'agit de produits contrefaisants ou interdits.

Mais quelque chose n'allait pas dans ces documents. Il les regarda une nouvelle fois. Alors, c'est oui ou non se dit-il. Il lui suffisait simplement de cocher sur son écran informatique une case en bas à droite pour déclencher un contrôle des marchandises mais aussi la mobilisation pendant trois heures de trois contrôleurs, ce qui, en ces temps de restrictions budgétaires, était très mal vu, si naturellement la fouille ne donnait rien.

Il regarda sa montre, il avait exactement deux minutes pour se décider. Après, la marchandise serait libérée, mise en camion, livrée et dispersée.

Voilà ce qui cloche, se dit-il d'un coup.

On ne livre pas du prêt-à-porter dans des caisses en bois, mais dans des cartons. Ces caisses doivent à l'évidence contenir autre chose.

Il cocha la case sur son écran informatique, ce qui déclencha un ordre de mission, et décida d'assister personnellement à cette fouille à corps. C'est ainsi qu'il appelait une opération de contrôle de marchandises devant ses collègues.

Il prit la facture, la liste de colisage, les documents de transport, et se leva pour rejoindre les marchandises entreposées sous douane.

Les vingt-cinq caisses attendaient, posées sur un tapis roulant prêtes à être inspectées. Trois contrôleurs patientaient à côté des caisses.

- Allez, on y va, on en prend une au hasard dit-il, en cochant un numéro de caisse sur la liste de colisage. Ouvrons la caisse numéro huit.

Un des inspecteurs découpa le ruban adhésif au logo de l'exportateur chinois entourant le couvercle puis, muni d'une tenaille fit sauter les six clous qui maintenaient la caisse fermée.

- A quoi vous vous attendez ? demanda l'un des contrôleurs, avant que le couvercle ne soit ouvert.

- Je ne sais pas, à des animaux empaillés, voire vivants, comme des serpents ou des araignées. C'est la nouvelle mode aujourd'hui. Peut être aussi à du corail ou de l'ivoire, tout sauf du prêt-à-porter

C'étaient des polos de toutes les couleurs d'apparence totalement banale. Jean-Pierre Legendre en prit un au dessus de la pile pour l'inspecter de plus près. Il fut déçu, voire vexé.

Il en prit un second, puis un troisième. Aucun d'eux ne présentait le moindre signe suspect pouvant déclencher une saisie. Espérant une meilleure pioche, il retira ceux de la troisième pile. Mais ils étaient identiques aux précédents. Il les reposa. Il enfonça plus profondément sa main pour atteindre ceux de la sixième pile et toucha quelque chose de dur.

-Bingo ! il y a un double fond, s'exclama l'inspecteur des douanes.

Le couvercle du double fond libéré des vrais polos ne résista pas longtemps au pied de biche apporté par l'un des contrôleurs.

En ouvrant le double fond, les douaniers s'attendaient a tout sauf à trouver encore du prêt-à-porter.

C'étaient également des polos. Mais à la différence des précédents, ils étaient barrés d'un nom d'une grande marque.

-Tiens tiens, voilà qui est intéressant dit Jean-Pierre Legendre.

Il sortit une dizaine de polos.

Sur ces polos était inscrit le mot NIKE au dessus d'un logo ressemblant à s'y méprendre au fameux dessin en forme de virgule.

Il en sortit d'autres qui portaient le même logo et toujours le même mot NIKE.

- Et si nous ouvrions une autre caisse proposa l'un des contrôleurs.

L'intérieur de la deuxième caisse se présentait comme la première. Au-dessus, des polos tout à fait banals. Puis, sous le double fond, d'autres polos barrés de la marque NIKE.

Les douaniers ouvrirent toutes les autres caisses. Chacune dissimulait des articles de prêt-à-porter contrefaisant la marque NIKE.

Mais de qui se moquent-t-ils, ces contrefacteurs ? dit l'un des contrôleurs.

- Ce n'est finalement pas une mauvaise prise, dit le second, même si, comme ses collègues, il était un peu déçu de n'être tombé que sur des contrefaçons, somme toute, peu spectaculaires. Il faut prévenir la société NIKE.

La marche à suivre, selon le règlement, était simple. La douane devait informer le propriétaire de la marque de la présence d'articles suspectés de contrefaçon.

Si le propriétaire de la marque confirmait le caractère contrefaisant des articles, et en l'espèce, cela ne faisait aucun doute, ces articles étaient retenus pendant dix jours en douane, le temps pour le propriétaire de saisir la justice.

Jean-Pierre Legendre se disait que sans la présence de ces boîtes en bois inadéquates pour du prêt-à-porter, jamais il n'aurait procédé à la vérification de la marchandise. Seuls deux-cent-cinquante articles n'étaient pas des copies, ceux des six premières piles.

Il retourna à son bureau pour remplir le Procès verbal de retenue en douane, et chercha l'adresse de NIKE France sur Internet.

Il informa par téléphone le service juridique de NIKE d'une contrefaçon probable de leurs articles, et leur adressa par fax le procès verbal de retenue, invitant son interlocuteur à lui justifier sous dix jours de la saisine de la justice, sous peine de devoir libérer la marchandise.

Finalement, cela avait été une bonne journée pour l'inspecteur Jean-Pierre Legendre qui relâcha son attention, et ne releva aucun signe suspect sur les autres documents d'importations chinoises provenant du même avion cargo.

Ses soupçons ne furent donc pas éveillés par un document d'importation de chemisettes en lin d'origine chinoise. L'exportateur avait bien pris le soin d'utiliser des cartons pour emballer la marchandise. Mais ces cartons ne contenaient pas seulement des chemisettes. Ils contenaient des produits hautement toxiques. C'était le même exportateur qui, volontairement, avait utilisé des caisses en bois pour les copies de polos NIKE, afin de capter l'attention de douanes sur ces documents et provoquer l'ouverture des caisses. L'opération avait marché.

Chapitre 9

La pièce attribuée à Marc Belot dans le cabinet Meyer et Bayar n'était pas très spacieuse, mais l'essentiel y était : un fauteuil, un bureau, un ordinateur et des étagères. Surtout, à sa grande satisfaction, sa fenêtre donnait sur l'avenue Hoche et il pouvait voir le parc Monceau. Rien que cette vue valait la moitié d'un salaire.

Il se cala dans son fauteuil, et sourit en lisant le texte qui clignotait sur l'écran de son ordinateur : « Bienvenue chez vous, maître Belot ».

Il se sentait effectivement chez lui, et se dit que sa vie de galère allait enfin se terminer. Il n'avait que vingt-sept ans et toute une carrière devant lui. Que demander de plus ! Que de chemin parcouru, après avoir été baladé de famille d'accueil en famille d'accueil. Pupille de la nation, il n'avait jamais recherché la trace de ses parents naturels, s'ils étaient vivants ? Avait-il des demi- frères, ou demi-sœurs ? Mais il ne s'était jamais plaint de sa situation. Il avait pu faire des études, il avait été suivi et conseillé par un professeur, obtenu haut la main ses diplômes de fin d'année, trouvé tout aussi aisément une première collaboration dans une des cabinets les plus réputés dans sa spécialité. Il ne s'estimait donc pas victime mais paradoxalement comblé par la vie. De plus il vivait le parfait amour avec son amie Juliette, même si les circonstances faisaient qu'ils ne se voyaient plus beaucoup.

Dans une semaine, muni de son contrat de collaboration, il s'inscrirait à l'Ordre des avocats et prêterait serment dans la majestueuse première chambre de la Cour d'appel de Paris. Il montrerait fièrement à Juliette sa première carte de visite professionnelle : Marc Belot, Avocat à la Cour, 30 avenue Hoche 75008 Paris Spécialité : droit de la contrefaçon.

Il regarda le dossier constituant sa première affaire. L'affaire : Société Trimax corporation c/ Biotechnic et autres. En haut à droite était indiqué : Nature de l'affaire : Copie, boîte d'emballage de produits homéopathiques. Il fut un peu déçu, car il s'attendait à quelque chose de plus costaud. Mais quoi de plus normal que de confier une affaire simple à un jeune collaborateur.

Il ouvrit le dossier.

A l'intérieur, il trouva plusieurs sous-chemises, bien rangées : « Correspondance », « Procédure », « Nos Pièces », « Pièces adverses » « Documentation », et puis la dernière « Honoraires ».

Il ouvrit en premier la sous-chemise « Honoraires ». Elle était vide. Ils doivent garder ces informations secrètes, pensa-t-il.

Puis il ouvrit la sous-chemise « Procédure ». À l'intérieur, une assignation en justice. Il lut la première page.

L'assignation était délivrée à la requête de la société Trimax corporation ayant pour avocat le cabinet Meyer et Bayar.

Les adversaires étaient au nombre de cinq.

L'assignation n'était pas très longue, elle comportait tout juste trois pages. Il savait qu'un juriste devait avoir l'esprit de synthèse et le style concis, mais tout de même, ces trois pages lui paraissaient plutôt insuffisantes au regard de celles rédigées lorsqu'il était en stage à l'Ecole du Barreau.

Selon l'assignation, la société Trimax se présentait comme une société spécialisée dans la fabrication et la distribution de produits homéopathiques.

Son produit phare, le Sangaï, connaissait un grand succès. À base de plante de la famille des Papavéracées, il était destiné à lutter contre la migraine.

La société Trimax reprochait à ses cinq concurrents de vendre un produit aux effets identiques, dans un emballage aux formes et couleurs très similaires à celui utilisé pour le Sangaï, ce qui selon la société Trimax corporation entraînait la confusion dans l'esprit du consommateur d'attention moyenne.

Si le produit à l'intérieur de l'emballage n'était pas protégeable, disait l'assignation, il en va autrement de l'emballage lui-même. En utilisant un emballage identique à celui du Sangaï, les adversaires se rendaient coupables de contrefaçon à tout le moins de concurrence déloyale.

En lisant les deux premières pages de l'assignation, Marc Belot jugea cette affaire très simple, voire scolaire. Arrivé à la dernière page, il constata qu'elle était incomplète. Il manquait les trois dernières pages. Il comprit la raison de la minceur anormale du document entre ses mains.

Il ferma la sous chemise « Procédure », se leva pour demander à la secrétaire de Maître Moritari, les trois pages manquantes.
On frappa à sa porte.

C'était le nouveau collaborateur Christian Long. Son visage était blême.

- Vous êtes au courant pour Vera Delaroche ?

Marc Belot mit plusieurs secondes pour se rappeler que Vera Delaroche était sa nouvelle consoeur chargée de la contrefaçon dans le domaine de la mode.

- Non.

- Elle est morte, elle s'est tuée hier dans un accident de voiture.

Marc Belot reçut cette nouvelle comme un coup de poing.

Il n'avait jamais côtoyé la mort de près. A la suite du décès de Maître Meyer. Il ne voulait surtout pas se laisser envahir par un sentiment irrationnel et analyser ce second décès comme un mauvais présage.

- Maître Moritari ne m'a rien dit.

- L'information vient de lui être communiquée, j'étais à ce moment dans son bureau.

Le regard de Christian Long obliqua vers le bureau de Marc Belot et s'arrêta sur le dossier ouvert.

- Ah, c'est votre premier dossier, l'affaire Trimax corporation, Maître Moritari m'a justement demandé de le travailler avec vous.

- Je ne l'ai qu'à peine consulté. L'assignation est incomplète, il manque les trois dernières pages. J'allais les demander à la secrétaire de Maître Moritari. Je l'étudie et on en parle tout à l'heure.

- D'accord, répondit Christian Long. C'est quand même dingue, ces deux décès coup sur coup. Je ne suis pas superstitieux, mais ne dit-on pas « jamais deux sans trois »?

- Je ne suis pas superstitieux non plus, lui répondit Marc Belot. Mais tout cela est bien triste. Laissez-moi une bonne heure, et je vous rejoins à votre bureau.

De nouveau seul dans son bureau, Marc Belot pensa lui aussi à ce proverbe, « jamais deux sans trois ». Mais il connaissait personnellement son troisième décès, le professeur Le Dantec, et pouvait donc même sans être superstitieux écarter ce dicton de grand-mère. Machinalement, il ouvrit le premier tiroir gauche de son bureau pour prendre connaissance de son contrat de collaboration. Il ne savait toujours pas combien il serait payé.

Il fut surpris de voir deux enveloppes, format carte de visite.

L'une avait été postée, et l'écriture lui semblait être celle de Juliette, mais cela lui paraissait tellement invraisemblable. L'autre était simplement à son attention.

Il ouvrit les autres tiroirs, et ne vit aucune autre enveloppe.

Il prit la première enveloppe, celle postée et la décacheta.

C'était en effet une carte de visite mais à l'entête d'un cabinet d'avocats : Blake et Fergusson, avec un petit mot écrit d'une écriture qu'il connaissait parfaitement, celle de Juliette.

Cela le fit sourire.

Il lut :

« *Bonjour, Marc, mon nouveau et cher Confrère, et mes félicitations. Je sais que tu as été engagé par le cabinet MEYER et BAYAR. Comment je le sais ? Secret professionnel. Il faudra t'y habituer. Mais je voulais te faire une surprise, en ne répondant pas à tes appels.*
Et si on fêtait ça ce soir au restaurant ? Rendez- vous ce soir, 20 heures au Relais Plazza Avenue Montaigne, à côté de mon cabinet. Ne t'inquiète pas, c'est mon cabinet qui paye. La table est réservée à leur nom.

Ps1 : Je sais pour la mauvaise nouvelle, c'est bien triste.
Ps 2 : Fini...... les Pizzas !

Marc Belot remit, sourire aux lèvres, la carte dans son enveloppe et la glissa dans sa poche intérieure.

Il décacheta la deuxième enveloppe. Sur le moment il ne comprit pas, Il ne savait pas s'il rêvait ou si ses yeux lui jouaient un mauvais tour. Il mit cinq bonnes secondes pour s'assurer que le chèque de trente mille euros qu'il tenait dans sa main, était bien à son ordre.

Ce doit être une erreur, pensa-t-il.

Marc Belot se leva. Il devait en parler avec Maître Moritari. Avoir une explication. Serait-ce une avance ? Non, un tel montant ne se concevait pas.

De plus, il n'avait toujours pas son contrat de collaboration.

Il sortit de son bureau et se dirigea vers celui de Maître Moritari.

Il tapa à sa porte. Aucune réponse. Il tapa une seconde fois de deux coups un peu plus appuyés, quand il sentit une main se poser sur son épaule.

Chapitre 10

Le camion venait d'être vidé de sa cargaison dans un grand dépôt de la zone industrielle de Garonor, en banlieue nord de Paris. Naturellement, le chauffeur ignorait totalement la nature du contenu des colis. Pour lui, il s'agissait selon le bon de transport de chemisettes en lin. Il fit signer le bon de livraison, et repartit, un peu déçu de ne recevoir aucun pourboire.

Deux manutentionnaires chargèrent les trente cinq colis sur des palettes en bois, et à l'aide de chariots élévateurs, les transférèrent dans un second camion.

Aussitôt le second camion chargé, son chauffeur démarra, sortit de la zone industrielle et emprunta l'autoroute du Nord en direction de la province.

Au bout d'une trentaine de kilomètres, il s'arrêta à la première station-service, gara son camion sur l'aire de repos, il ne ferma pas la porte à clé ; posa les clés dans un des vide poches et alla prendre un café à la boutique de la station. Il attendit un quart d'heure et retourna sur l'aire de repos pour s'assurer que son camion n'était plus à sa place. Il se dirigea vers une cabine téléphonique, regarda sa montre, et accéléra le pas. Il avait exactement une minute pour se trouver à l'intérieur et décrocher le combiné à la fin de la deuxième sonnerie, si toutefois la cabine était vide. Si elle ne l'était pas, il devait attendre un nouveau quart d'heure et ainsi de suite. Il avait interdiction formelle d'attendre à proximité de la cabine. Par chance, elle était vide. Il ouvrit la porte et attendit une poignée de secondes, mimant celui qui cherche un numéro. Le téléphone de la cabine sonna, il décrocha après la seconde sonnerie.

Il n'avait qu'une phrase de reconnaissance à dire :

- Le camion n'est plus à la bonne place.
- C'est parfait, répondit la voix à l'autre bout du fil.
- Comment je rentre, maintenant ? questionna le chauffeur.
- Je suppose qu'avec les cinq mille euros versés pour faire trente kilomètres. vous trouverez facilement une solution.
- Bien entendu, je suis désolé de vous avoir posé cette question.

L'autre avait déjà raccroché.

Le chauffeur retourna prendre un café. Il avait touché cinq mille euros pour transporter des chemisettes sur une distance de trente kilomètres.
Naturellement, son commanditaire l'avait informé de la nature contrefaisante de ces chemisettes, une imitation d'une grande marque lui avait-il dit. On ne verse pas cinq mille euros pour rouler une si courte distance, s'il n'y a pas un risque à prendre. Mais pour lui le jeu en valait la chandelle, et surtout le risque était minime, voire inexistant. En cas de contrôle, il n'était qu'un chauffeur-

livreur. « *Comment çà, je transporte des chemisettes contrefaisantes. Ça veut dire quoi contrefaisante ? Mais comment voulez vous que je le sache, moi que les chemisettes sont contrefaisantes, ce n'est pas mon problème. On me paye pour rouler et non pour vérifier l'intérieur des colis, ce n'est pas de la drogue que je sache !* Il se répétait sans cesse dans sa tête ce petit scénario qui finit par le faire sourire. Et d'ailleurs, pour lui, la contrefaçon, c'était une matière abstraite, sans grande conséquence pour son quotidien. Un problème concernant les commerçants et les industriels. Et puis une chemise, c'est une chemise, quelle importance qu'elle soit la copie d'une autre. Oui, le jeu en valait la chandelle, en tout cas pour cinq mille euros. Il espérait donc que ce commanditaire, dont il ne connaissait ni le nom ni l'adresse, le rappellerait.

En sortant de la cabine, il était tout de même soulagé, car tout s'était déroulé parfaitement. Il se demanda comment de l'autoroute, il rentrerait chez lui. Il retourna vers l'aire de repos et vit un chauffeur regagner son camion. Il se présenta.

- Mon camion est en panne, j'ai téléphoné à mon employeur, Il s'en occupe. Vous me sortez de l'autoroute, je me débrouillerai ensuite.

- Mais c'est sans problème, entre routiers on doit s'entraider. On peut faire un bout de chemin ensemble.

Il grimpa dans la cabine, le camion démarra, sortit de l'aire de stationnement et s'engagea sur l'autoroute, poursuivant sa route en direction du nord de la France.

Pendant ce temps, le premier camion et ses trente-cinq colis avaient pris la direction inverse, en direction de Paris. L'aller et le retour sur cette portion de l'autoroute sans péage ne laisseraient ainsi aucune trace.

Arrivé aux portes de Paris, il s'engagea sur le périphérique en direction de la porte de la Villette. À cette heure, la circulation commençait à être tendue. Le camion roulait en accordéon. Vingt bonnes minutes plus tard, le camion se dégagea des périphériques, prit la direction d'Aubervilliers, pour rejoindre un entrepôt, sa destination finale.

L'entrepôt se situait dans une zone d'activité essentiellement occupée par des industriels du prêt-à-porter. Ils se ressemblaient tous. Seul leur enseigne pouvait les différencier. À l'intérieur, des kilomètres de vêtements suspendus circulaient à l'aide de rails électriques, dans un ronronnement continuel. Les pantalons à gauche, les vestes et chemises à droite. Une dizaine de manutentionnaires s'affairaient comme des fourmis. Fiche à la main, ils triaient les vêtements et remplissaient des colis prêts à être expédiés aux quatre coins du monde.

34

Trois chariots élévateurs enlevèrent les trente-cinq colis et les transportèrent dans un second entrepôt. Derrière une porte s'ouvrant par deux énormes battants en plastique dur et opaque, cinq hommes en blouse blanche attendaient la marchandise.

Chapitre 11

Marc Belot se retourna.

-Maître Moritari est sorti, lui dit Jean-Pierre Davisson. Vous êtes au courant pour Vera Delaroche ?
- Oui
- C'est affreux.
- Oui, c'est affreux.

Avait-il, lui aussi reçu, un chèque de trente mille euros ? se demandait Marc Belot. Il n'entendait pas, du moins pour l'instant, le lui demander. Une réponse négative aurait inévitablement créé à coup sûr, un climat malsain de jalousie.

Il détourna donc la conversation.

- Maître Moritari m'a confié un dossier. Il manque trois pages à l'assignation. Elles sont peut être dans son bureau. C'était une affaire dont s'occupait Maître Meyer.

- Il est intéressant, ce dossier ?

- Une affaire de contrefaçon de boîtes d'emballage d'un produit homéopathique. Je n'ai pas encore consulté les pièces.

- Moi, c'est un dossier de copie de marque. Notre client a déposé la marque « Bon arôme » pour du café. En face, l'adversaire attaque la marque en nullité. Entre nous, j'aurai tendance à lui donner raison. « Bon arôme », c'est désigner le produit par sa qualité, ce que le droit des marques interdit. C'est un peu l'affaire de la marque « Beurre tendre » qui a été annulée.

- « Bon arôme », oui c'est limite, accorda Marc Belot après quelques secondes de réflexion. Moi je l'aurai écrite : « Bon à Rome », en trois mots. Rome, comme la capitale de l'Italie, pays du café. Donc si le café est bon à Rome, c'est qu'il a bon arôme. Ainsi, on le dit sans vraiment le dire.

- Pas mal, pas mal répondit Jean-Pierre Davisson en souriant. Maître Moritari m'a également demandé mon avis sur une éventuelle copie entre deux robes. Un dossier d'abord confié à Vera Delaroche, et j'en ai hérité. Notre cliente a créé une robe en s'inspirant de celle d'un grand couturier. Avant de lancer sa commercialisation, elle nous consulte sur le risque encouru. Le prêt-à-porter, ce n'est pas trop mon fort. Vous me donneriez votre sentiment ?

- Avec plaisir, j'aime bien ce domaine. La contrefaçon s'apprécie par les ressemblances, uniquement par les ressemblances, et non par les différences.

C'est visuel, uniquement visuel. L'impression d'ensemble aux yeux d'un consommateur d'attention moyenne, c'est ce qu'il faut retenir. Mais je verrai bien vos deux robes.

- Je vous les montre demain.

Cette discussion dans le couloir prit fin par l'arrivée de Maître Moritari.

- Bonjour, confrères, je vois que vous êtes déjà sur la brèche, en pleine discussion juridique, vous veniez me voir ?

- Dans le dossier Trimax corporation, il manque trois pages à l'assignation, précisa Marc Belot.

- Il manque trois pages à l'assignation ! C'est curieux. Il faut vérifier auprès de la secrétaire de Maître Meyer. Vous pouvez patienter dans mon bureau, j'en ai pour quelques minutes.

Marc Belot entra dans le bureau de Maître Moritari, et Jean-Pierre Davisson se retira pour rejoindre le sien.

D'ordinaire, Marc Belot n'avait pas la curiosité malsaine, mais remarquant, posés, sur une table les cinq dossiers ouverts la veille par Maître Moritari, lors de l'attribution de postes, il ne put s'empêcher d'ouvrir celui portant son nom.

C'est tout, pensa-t-il, en regardant l'unique fiche signalétique s'y trouvant et qui indiquait simplement : « Nom, prénom et date de naissance ». Il remarqua, écrit en rouge sur le coin droit, trois lettres en capitales, O P M. Que pouvaient-elles donc signifier? Nécessairement des qualités : Organisé, Patient, Motivé ou bien : Ordonné, Précis, Méritant, ou encore : Obstiné, Pugnace, Méticuleux. Il se reconnaissait, sans fausse modestie, quelques unes de ces qualités. Et cela le ravissait d'être aussi bien considéré.

A toute vitesse, il ouvrit les dossiers de ses nouveaux confrères pour vérifier si ces mêmes lettres figuraient aussi sur leur fiche signalétique. Elles portaient toutes ces trois lettres écrites en rouge. Seulement, sur la fiche de Vera Delaroche, ces trois lettres étaient rayées avec la mention manuscrite : Erreur.

Vera Delaroche avait donc été jugée par erreur: « OPM ». Elle n'était donc ni organisée, ni opiniâtre, ni pugnace ou encore méticuleuse. Comment ont-il pu se tromper sur ses qualités? Ou plutôt comment pouvaient-ils revenir sur leur jugement en si peu de temps, puisque Véra DELAROCHE était morte avant d'avoir commencé sa première journée de travail ? Marc Belot se dit tristement que quelle que soit la signification de ces trois lettres, quelles que soient les qualités ou les défauts de Vera Delaroche cela n'avait désormais plus aucune importance pour elle. Il referma ce dossier, juste au moment où Maître Moritari entra.

Chapitre 12

Les cinq hommes en blanc procédèrent méticuleusement à l'ouverture des cartons. Chaque carton était ensuite débarrassé des chemises en lin rangées sur le dessus. Sous ces chemises, des boîtes étaient soigneusement empilées.

Un des cinq hommes, le responsable, sollicita l'attention des quatre autres.

- Messieurs, tout doit être prêt ce soir. Le camion arrive à dix-neuf heures précises, nous avons à peine trois heures devant nous.

Il distribua à chacun des fiches de travail.

Les trois-quarts des cartons contenaient des centaines de milliers de médicaments, en vrac, en plaquettes, sous forme d'ampoules, et même des flacons de suspension pour inhalation. Les conditionnements de ces médicaments se trouvaient dans l'autre quart. Ces conditionnements et les notices d'usage glissées à l'intérieur étaient ceux des plus grands laboratoires pharmaceutiques mondiaux.

Les cinq hommes s'affairèrent. Il leur suffisait de caser le bon médicament dans le bon conditionnement. Un travail facile mais long et fastidieux. Ensuite, les médicaments une fois conditionnés, étaient triés selon leur principe actif. Et à chaque principe actif était associée une destination. Cinq destinations principales devaient servir de desserte pour couvrir la France. Les antidépresseurs à Bordeaux. Les hormones de croissance à Lille. Les corticoïdes et les antihistaminiques à Marseille. Les anticholestérols à Strasbourg. Enfin, les antibiotiques et les médicaments destinés à lutter contre les affections cardio-vasculaires restaient sur place, pour desservir Paris et sa région parisienne.

A l'intérieur de l'un des cartons, un des opérateurs constata la présence de cachets non énumérés sur sa liste.

- C'est quoi, ces pilules bleues, demanda-t-il ?

- Une nouveauté, répondit le responsable, on n'y touche pas pour le moment. Nous n'avons pas encore les bons conditionnements. Un problème au niveau de l'impression et il a fallu tout refaire.

Le travail se déroula dans un silence absolu. Chaque opérateur avait mis un masque de protection sur le visage.

Il était près de dix-neuf heures, les opérateurs avaient quasiment terminé leur boulot. Tout serait donc terminé à l'arrivée du camion. A dix-neuf heures sonnantes, un énorme camion Mercedes pénétra dans l'entrepôt, en marche arrière, de sorte que le chauffeur, guidé par une voix, ne puisse voir les cinq opérateurs. Les colis destinés à Lille, Marseille, Bordeaux et Strasbourg étaient embarqués.

Dans quelques jours, avec ceux de Paris, les médicaments seraient dans les pharmacies, bien rangés dans leur armoire à glissière, prêts à être consommés. Il suffisait qu'on les prescrive.

Chapitre 13

-Je n'ai pas le double de l'assignation dit Maître Moritari. Elle devrait rapidement réapparaître, c'est souvent comme cela.

- Vous n'auriez pas un autre dossier à me confier ?

- Si, naturellement.

Ce qui taraudait Marc Belot c'était avant tout le chèque, d'ailleurs le but de sa visite.

Il hésita, se sentant tout à la fois maladroit et oppressé. Mais plus il attendait plus il pouvait paraître suspect d'être malhonnête si ce chèque ne lui était pas destiné. Une somme de 30.000,00 euros n'est pas anodine et devait obligatoirement préoccuper son possesseur. Il ne pouvait pas attendre la fin de la journée et dire au seuil de la porte après avoir salué d'un au revoir Maître Moritari : Tenez, à propos, j'ai trouvé un chèque de 30.000,00 euros dans mon tiroir..... Et ne rien dire le ferait passer assurément pour quelqu'un de suspect. D'un autre côté, il pouvait ne pas encore avoir encore ouvert son tiroir. Non c'était maladroit de penser une telle chose, puisque son contrat était censé y être.

Il se lança et sortit de sa poche l'enveloppe contenant le chèque de trente mille euros.

- Je souhaite démarrer honnêtement ma collaboration, il y a certainement une erreur d'un zéro dans ce chèque, j'aimerai bien l'encaisser, mais cela ne passera pas inaperçu, c'est bien dommage dit-il sur le ton de la plaisanterie.

Marc Belot savait que les premières années recevaient en moyenne une rétrocession d'honoraires de l'ordre de 3.000,00 euros mensuels, soit dix fois moins, mais ce qui pour lui constituait déjà une petite fortune.
- Il ne s'agit pas d'une erreur répondit Maître Moritari
- Pardon ! Je ne sais pas comment le prendre bredouilla Marc Belot
- Comment le prendre ! Mais simplement en l'encaissant.
- Mais c'est quoi ? Un paiement sur une année ?
- Considérez ce chèque comme une avance.
- Mais comment pouvez vous êtes sûr de me garder au moins une année ?
- Une année non, mais un mois, cela ne fait aucun doute.

Marc Belot se demandait si Maître Moritari plaisantait. Il ne s'était jamais vu de mémoire d'avocat, qu'un nouveau collaborateur soit payé aussi grassement.

- Vous voulez dire que le chèque de trente mille euros correspond à une avance mensuelle ?
- À une avance, je n'ai pas dit mensuelle. Le mois prochain vous ne recevrez évidemment pas la même somme.
- Je ne comprends pas.
- Il n'y a rien à comprendre. Encaissez ce chèque, c'est une avance et si vous partez au bout d'un mois, nous serons néanmoins quittes.
- Je ne comprends toujours pas.
- Vous ne nous devrez rien, si vous préférez. Mais si vous restez, vous continuerez à recevoir une rétrocession d'honoraires de trois mille cinq cents euros par mois, c'est ce que l'on accorde aux premières années. Considérez ces trente mille euros comme une prime de bienvenue.
- Quelque chose m'échappe.

Marc Belot n'osait demander si les autres collaborateurs avaient reçu la même prime. Maître Moritari devança sa question.

- Vous êtes le seul à avoir reçu cette somme, donc ne l'ébruitez pas.

- Mais pourquoi ?
- N'avez vous pas été désigné comme le superviseur ? Je sais que cette somme peut vous paraître énorme, mais nous vous avons désigné Maître Meyer et moi-même, comme la pièce maîtresse de notre nouvelle équipe. Ce chèque est pour vous. Dépensez l'argent, comme il vous semble. Vous êtes avocat maintenant, c'est un nouveau monde, vous ne le connaissez pas encore. Donc, prenez déjà les bonnes habitudes. Je veux dire, habituez-vous à ce genre de montant, et vous verrez le monde différemment, celui auquel vous appartenez désormais. Ayez de l'ambition en commençant par goûter aux plaisirs des gens riches. Ne pensez plus au passé, à votre ancien statut social, c'est un autre monde maintenant. Vous devez changer vos habitudes de pensée, vos réflexes, bref totalement votre mode de vie. Vous êtes aussi censé représenter notre cabinet. Ce montant vous y aidera. Et puis commencez par vous acheter un autre costume, de marque de préférence. Vous verrez, ces trente mille euros vont vite filer.

- Vous m'excuserez d'insister, mais si je comprends bien, j'encaisse ce chèque, je travaille avec vous pendant un mois, et si je vous quitte, je ne vous devrais rien. C'est cela ?

- Oui, c'est cela, sauf que nous ferons le maximum pour que vous restiez.

- Comment ça le maximum ?
Maître Moritari lui sourit.

- Eh bien, en vous faisant aimer votre travail et vos dossiers. Allez, il se fait tard, et je sais que vous avez un dîner ce soir, dans un grand restaurant, n'est-ce pas ?

- Oui j'ai un dîner ce soir, mais comment vous le savez ?
- Secret professionnel, à cela aussi vous devrez vous habituer.

Maître Moritari consulta sa montre.

- Vous risquez d'être en retard. Allez-y, nous reprendrons la conversation demain, et profitez de votre argent.

Marc Belot n'insista pas et se dirigea vers la porte.

- A propos, interpella Maître Moritari, ce jour est un grand jour, vous partez tôt, mais n'allez pas imaginer quitter votre bureau les autres soirs avant vingt heures.

Marc Belot eut envie de plaisanter, en répondant qu'à ce tarif, il accepterait de dormir au cabinet. Il se tut cependant, et quitta le bureau de Maître Moritari.

Il lui restait une bonne demi-heure pour rejoindre Juliette au Relais Plazza. Il avait oublié de réclamer son contrat de collaboration à Maître Moritari. Et sans contrat de collaboration, il ne pouvait toujours pas s'inscrire à l'Ordre et prêter serment pour être officiellement avocat. Il faut que j'y pense demain, se dit-il.

Il était perturbé par ce chèque de trente mille euros, mais d'un autre coté, que connaissait-il de ce milieu professionnel ? Il n'avait jamais connu le luxe, bien au contraire. Il ne se souvenait même pas avoir dîné un soir au restaurant, si ce n'est dans un quelconque Mac-Do, et encore, il commandait le menu type le moins cher. Et d'un coup il se trouvait riche de trente mille euros, qu'il n'avait pas à rembourser. Il s'imaginait déjà la tête de Juliette. Allez Marc, la vie est belle. Ne te pose plus de questions. Tu appartiens à un nouveau monde, a dit Maître Moritari, et tu ne le connais pas encore. Il décida d'aller à pied, en remontant jusqu'à l'Etoile pour redescendre les Champs-Élysées et rejoindre l'avenue Montaigne, où se situait le restaurant. C'est fou ce grand saut dans le monde de l'argent, songea-t-il, je passe du Mac-Do au restaurant grand luxe. Jamais il n'aurait pu imaginer une progression sociale aussi fulgurante. Il marcha la tête haute, souriant même aux passants. Non, je ne suis pas un intrus dans votre quartier, un des plus chic de Paris, j'ai trente mille euros en poche et ce n'est qu'un début. Il s'arrêta devant une vitrine. Il eut le souffle coupé en lisant le prix des costumes exposés. Il avait raison, maître Moritari, ces trente mille euros vont vite filer.

Marc Belot sentit une présence dans son dos, il se retourna.

C'était un homme d'environ quarante ans habillé avec un imperméable de couleur marron, de très mauvais goût, pensa aussitôt Marc Belot, encore plongé dans le renouvellement de sa future garde robe.

- Vous êtes monsieur Belot ?

- Oui, répondit Marc Belot, très surpris qu'un inconnu connaisse son nom.

- Alexis Duparc, Directeur adjoint des douanes. Voici ma carte. Appelez-moi demain à la première heure.

- C'est pour une affaire me concernant ?

- Appelez moi demain, c'est tout ce que je peux vous dire, et de préférence d'une cabine téléphonique.

L'homme à l'imperméable se retourna et fila. Marc Belot, bouche ouverte, le regarda partir, la carte de visite serrée dans sa main.

Il avait du mal à reprendre totalement ses esprits. Ce n'est pas tous les jours que l'on se faisait aborder par une fonctionnaire des douanes. Etait-ce sa présence anormale dans ce quartier. Il regarda encore une fois la carte de ce directeur des douanes. Le profil en blanc de la tête de la Marianne au milieu des deux couleurs bleu et rouge avec écrit en dessous Liberté Egalité Fraternité puis République française, c'était bien la preuve du caractère officiel de cette carte. Mais elle pouvait être fausse. Tout le monde peut se fabriquer ce genre de carte.

Mais que me veut la douane, et pourquoi téléphoner de préférence d'une cabine téléphonique ? Et surtout comment connaît-il mon nom ? Se tourmenta Marc. Cette carte allait sûrement lui gâcher une parie de la soirée. Il devait en tous cas en parler à Juliette.

Il regarda sa montre, il était vingt heures cinq. Il avait donc plus de cinq minutes de retard. Il accéléra le pas et se dirigea vers l'avenue Montaigne.

Chapitre 14

Maître Moritari était songeur. Où tout cela pouvait-il le mener ? La mort soudaine de maître Meyer l'avait profondément surpris, il ne le savait pas pourtant pas malade, mais il devait garder la tête froide devant Marc Belot désigné comme superviseur de la nouvelle équipe.

Le cabinet Meyer et Bayar n'avait plus de capitaine. Maître Bayar n'était plus de ce monde depuis plus de vingt ans. En accord avec sa veuve, Maître Meyer avait gardé le nom, comme en-tête dans ses courriers et papiers officiels, même si l'association était de fait dissoute. Madame Bayar ne survécut que quelques mois, ne laissant aucun héritier. Maître Meyer, lui aussi, laissait une succession en déshérence. Désormais les noms Meyer et Bayar n'avaient juridiquement plus aucun sens. Officiellement, l'Ordre des avocats devait nommer un administrateur du cabinet, et Maître Moritari serait sans doute sollicité pour assumer cette tâche, ce qu'il accepterait.

Les souvenirs étaient encore assez précis. Il avait lu dans la revue juridique « la Gazette du Palais », une annonce d'un cabinet spécialisé dans la contrefaçon. Ce cabinet recherchait un collaborateur. Ils avaient été nombreux à être reçus par Maître Meyer. Tous les prétendants à ce poste étaient surdiplômés. Mais ce fut finalement Maître Moritari qui fut l'heureux élu. Peut-être, Maître Meyer avait-il eu le flair en le choisissant parmi tant d'autres. En réalité, ce sont ses lointaines origines chinoises remontant avant l'avènement du communisme, qui avaient fait pencher la balance.

« *Vous avez du sang chinois* », lui avait dit Maître Meyer, cela peut un jour m'intéresser. Pourtant, à l'époque, personne ne s'intéressait à l'avenir de ce pays. « *Quand la Chine s'éveillera….* » avait, certes, été à son époque un Best Seller. Mais Alain Peyrefitte était trop en avance dans ses prédictions. On s'intéressait davantage aux pays émergeants de l'Amérique du Sud, et naturellement à ceux qui, déjà, en Asie, damaient le pion au Japon, à savoir, Singapour, Taiwan, Hong Kong, ou encore la Corée du Sud. Mais la Chine était à l'époque un pays refermé sur lui-même. Une simple partie de « Ping pong » sous l'ère Nixon, avait fait la une des journaux. C'est dire le chemin parcouru, entre un jeu de table et l'organisation des Jeux Olympiques.

Ce n'est d'ailleurs très tard que Maître Moritari apprit ses lointaines origines chinoises. Son nom était au demeurant à consonance plutôt japonaise, et il en comprit aussi la raison. Il n'avait jamais connu ses parents. Une femme l'avait élevé et s'était chargée de son éducation. Il la considérait comme sa mère. Lorsqu'elle mourut, il s'était retrouvé seul au monde avec une licence en droit comme seul bagage pour l'accompagner dans la vie.

En fouillant dans de vieux papiers, il trouva un courrier jauni dans lequel il apprit ses véritables origines, et celle de son nom. Ce fut comme un électrochoc. Sa mère adoptive avait conservé bien secrètement ce document, ou peut être l'avait-elle oublié. En tous cas en lisant cette lettre, il comprit que son histoire était impossible à imaginer pour le plus fou des scénaristes, tellement elle est incroyable.

Au cours de la seconde guerre sino-japonaise entre 1937 et 1945, la ville de Nankin prise par les japonais fut livrée à des violences d'une rare intensité. Les historiens estiment à quarante mille le nombre d'habitants assassinés.

De nombreuses années après la fin de la guerre, à Tokyo, un jeune homme prenait connaissance d'une lettre écrite par son grand-père décédé peu de jours auparavant.

Le jeune homme apprit que ce grand-père avait vécu une incroyable aventure. Soldat, lors de l'invasion de la Chine, il tomba éperdument amoureux d'une paysanne chinoise, un coup de foudre hallucinant, contre nature, et bien entendu inavouable en de telles circonstances. Ce coup de foudre se poursuivit en véritable passion. Le jeune homme devint l'amant de la paysanne chinoise. A chaque moment, ils risquaient, elle la mort, lui le conseil de discipline et la sanction la plus élevée, la mort également. Mais heureusement, jamais leur liaison ne fut connue. Une fois démobilisé, ce soldat fit une brillante carrière dans l'administration publique japonaise, puis fut nommé à sa demande diplomate à Pékin, poste que personne ne souhaitait occuper, tellement les relations sino- japonaises étaient glaciales. La raison de sa demande : retrouver la jeune paysanne dont il était tombé amoureux à Nankin et l'éventuel fruit de cet amour.

Après de fastidieuses recherches, le diplomate apprit que sa paysanne avait donné naissance à une petite fille, mais n'avait pas survécu, l'année suivante à un viol commis par plusieurs membres de son ancienne garnison restée sur place. Il ressentit une tristesse inouïe, ne pouvant la partager avec quiconque. Il lui restait à retrouver la trace de sa fille. Il découvrit alors que sa fille âgée d'à peine seize ans était morte elle aussi en donnant naissance à un enfant, un garçon, aussitôt abandonné par son père. Pendant plusieurs semaines il remua ciel et terre, usant de son statut pour retrouver ce petit-enfant, son petit-fils. Il réussit à retrouver sa trace dans un orphelinat. Le visage de ce petit-fils décelait une paternité d'origine occidentale. S'appuyant sur de solides relations, il réussit à faire sortir l'enfant non seulement de l'orphelinat mais également de Chine.

Cet enfant grandit à Tokyo caché par son grand père, en vivant sous un faux nom. A dix-huit ans, il s'amouracha d'une étudiante française, venue au Japon dans le cadre de ses études. De leur union naquit un garçon. De cette troisième génération, il ne restait plus aucune trace apparente d'une ascendance asiatique. Le jeune couple décida de partir pour la France, avec l'assentiment du grand père. L'avion n'arriva cependant jamais à destination. Il s'écrasa en forêt. En apprenant l'accident, le grand-père tomba gravement malade. Il eut néanmoins le temps d'apprendre que sur les deux cent cinquante passagers, cinq personnes avaient survécu, dont un bébé qui avait été retrouvé coincé entre deux sièges, ce qui, selon les sauveteurs l'avait sauvé. Ce bébé portait, selon la liste des passagers le nom retranscrit en phonétique de Mochitachi. Cette nouvelle lui donna la force de coucher son histoire sur papier. Il mourut le surlendemain. Son fils trouva cette lettre et l'adressa au Consulat de France à Tokyo qui la fit suivre en France.

Quant à l'enfant, étant né de mère française, il fut donc considéré légalement comme ayant la nationalité française et confié à une famille d'accueil. En retranscrivant son nom, l'officier d'état civil remplaça les lettres CH par la lettre R, et lui attribua aussi le prénom Maurice. L'enfant s'appelait désormais Maurice Moritari. Une femme l'éleva ensuite comme son propre fils.

Ainsi, de ses origines, Maître Moritari savait confusément qu'il était la descendance d'une union, à l'époque contre nature, d'une paysanne chinoise et d'un soldat japonais, son arrière grand père.

Engagé par Maître Meyer, Maître Moritari devint très vite opérationnel et un bras droit indispensable. D'ailleurs dans l'esprit de Maître Meyer, sans descendance, le cabinet ne pouvait être repris que par ce précieux collaborateur.

L'appel téléphonique lui était parvenu il y a maintenant une année. C'était un simple rendez-vous, sollicité par des industriels chinois. Maître Meyer étant ce jour là en déplacement, il assura donc seul le rendez-vous.

Sans se douter, Maître Moritari venait, en acceptant de recevoir ces clients, de tomber dans un terrible piège. Il mit quelques mois à l'accepter puis à se faire une raison.

Où tout cela pouvait-il donc le mener? S'était-il pourtant maintes fois demandé. Il ne fallait pas accepter. Mais, il n'avait pas mesuré le risque dans ses véritables proportions. Et puis le jeu avait été tronqué.

En tout cas au début, il n'avait pas eu à le regretter. Il avait simplement commis une entorse, une infraction certes grave, aux règles déontologiques. Il serait passé devant le Conseil de l'ordre en séance disciplinaire. Et il aurait mis en avant, pour sa défense, son ignorance, sa jeunesse, voire sa bêtise. Il aurait écopé de quelques mois d'interdiction d'exercer, voire même d'une radiation. En y repensant, il regretta finalement de ne pas avoir été purement et simplement radié du Barreau. Il aurait pu ainsi trouver un autre travail, moins gratifiant peut être mais qui lui aurait permis de vivre sereinement. Mais tout s'était bien passé, et son infraction finalement jamais dévoilée était tombée dans les oubliettes. Personne ne s'en était aperçu. Il n'aurait jamais dû cependant accepter cette deuxième mission, pourtant anodine. Recruter pour le cabinet Meyer et Bayar une nouvelle équipe. Dans un cabinet d'avocats, c'est une mission naturelle que de recruter des collaborateurs, sauf que ce n'était pas Maître Meyer qui le lui avait demandé, mais ceux qui l'avaient poussé à commettre sa première infraction.

Aujourd'hui, en raison de la mort soudaine de Maître Meyer, la donne était différente, il allait dans quelques semaines être désigné administrateur du cabinet. Il n'avait donc plus l'impression d'être en faute, ou plus exactement il ressentait que sa faute était lavée, car il ne trahissait désormais plus que lui-même. C'est incroyable, se dit-il, comme le destin est curieux. On a beau tout prévoir, cela ne se passe jamais comme on l'imagine. Ce décès, aussi triste fut-il pour lui, le débarrassa de ces continuels nuages noirs suspendus au dessus de sa tête.

Chapitre 15

Marc Belot, en pénétrant au Relais Plazza se demandait si ce restaurant était devenu la nouvelle cantine de Juliette ?

Il fut ébahi par les lieux.

Recevoir autant de luxe, en une seule fois, lui tourna la tête. Quel monde différent. Il se demandait si les gens le regardaient, tellement il se sentait gauche et étranger en ce lieu. Il devait pourtant s'y habituer. Le lendemain, à la première heure, il irait déposer le chèque à sa banque, trop heureux de voir la tête que ferait le préposé au guichet. Ce n'est que mon premier salaire, serait-il même tenté de lui répondre, au premier signe d'étonnement.

D'un rapide regard circulaire, il ne vit pas Juliette, ce qui le rassura. Il n'était donc pas si en retard que cela.

Un maître d'hôtel s'approcha sourire aux lèvres.

Marc Belot bégaya :

- Je suis attendu..... C'est...c'est, une table réservée par le cabinet Blake, Blake et Fergusson Oui, c'est ça. Blake et Fergusson.

Le maître d'hôtel consulta sa liste.

- Mais je vous en prie, si vous voulez bien me suivre, vous êtes le premier.

Le restaurant était encore plus occupé par le personnel que par la clientèle. Seuls quelques clients étaient déjà attablés.

La table réservée n'était pas loin de l'entrée.

- Je vous donne la carte des apéritifs, demanda le maître d'hôtel.

Marc Belot, mal à l'aise, répondit non, bien que pensant oui.

Le Maître d'hôtel s'éloigna.

Il était vingt heures vingt et Juliette n'était toujours pas arrivée. Marc Belot sortit la carte de visite de Juliette et vérifia. Elle lui avait bien donné rendez-vous à vingt heures. Etre en retard, n'était pas à son habitude.

Blake et Fergusson, ...Blake et Fergusson. Marc Belot se répétait ce nom plusieurs fois dans sa tête. Juliette ne lui avait jamais communiqué auparavant le nom du cabinet où elle travaillait. Et pourtant, ce nom ne lui paraissait pas inconnu.

Il mit quelques secondes pour se rappeler que Maître Moritari avait cité un nom à peu près identique lors de la réunion générale.

Juliette aurait donc intégré le cabinet qui avait débauché l'équipe contrefaçon du cabinet Meyer et Bayar. Non ce n'est pas possible se dit-il. Quelle coïncidence ! Le fruit du hasard est-il à ce point aussi impénétrable. Finalement, il arrêta d'y penser en ne cherchant pas plus loin une explication qui de toutes les façons ne viendrait pas. Et puis cela constituerait un excellent sujet de conversation. À condition toutefois que Juliette arrive. Car il commençait à s'inquiéter.

Il regarda sa montre, il était vingt heures trente. Une demi-heure de retard, cela ne collait pas avec Juliette. Cinq ou dix minutes, d'accord, mais pas trente.

Bien que gêné de faire ce geste, il sortit son portable et croisa le regard du Maître d'hôtel qu'il sentit désapprobateur.

Il se leva de table.

- Mais Monsieur, vous pouviez téléphoner de votre table. Nos clients ont l'habitude.

- Je préfère téléphoner dehors.

Marc Belot sortit du restaurant.

À cette heure, l'avenue Montaigne était déjà encombrée par les automobilistes qui se dirigeaient vers les quais pour rejoindre l'ouest de Paris.

Sur la droite, la place de l'Alma semblait complètement paralysée. On entendait des avertisseurs sonores et des hurlements de sirènes. Une voiture de police, gyrophare allumé et deux tons à fond, dévala à vive allure le couloir de bus à contre-sens.

Marc Belot la suivit des yeux, jusqu'à son arrêt place de l'Alma.

Il composa le numéro de Juliette, et tomba sur sa messagerie.

- T'es où ? dit t-il en élevant la voix pour ne pas être couvert par le vacarme extérieur. Je t'attends depuis une demi-heure. J'espère que tu viens à pied, car en voiture tu n'as aucune chance d'arriver avant le dessert.

Il raccrocha.

Son regard était toujours fixé en direction de la place de l'Alma. Une seconde voiture de police emprunta le couloir de bus à contre-sens. Tout le bas de l'avenue Montaigne était devenu un véritable magma de voitures à l'arrêt dans tous les sens. Il ne pouvait y avoir pire heure, pour un accrochage ou un accident.

Une sensation désagréable parcourut soudain tout le bas de son dos puis son ventre. Un mauvais pressentiment le projeta dans un raisonnement irrationnel. Et si c'était......

Il rappela Juliette et tomba de nouveau sur sa messagerie.

Marc Belot sentit monter l'angoisse. Il se mit à courir en direction de la place de l'Alma. Son portable sonna, il s'arrêta. Le prénom de Juliette s'afficha sur l'écran. Il retrouva le sourire. Qu'ai-je pu être bête pensa-t-il.

- Allo, Juliette.

- Ce n'est pas Juliette, lui répondit une voix d'homme.

Chapitre 16

Les camions avaient roulé en direction de la province toute la nuit. Ils avaient ensuite stationné en entrepôt pour être déchargés de leurs cargaisons.

Vers huit heures du matin tout était fin prêt. De petites camionnettes avaient pris le relais. La distribution dans les pharmacies serait terminée au plus tard fin de matinée.

- Si vous voulez- bien me signer là.

Le pharmacien réceptionna les trois colis, et signa. Il vérifia et cocha sur son écran informatique la réception des produits. Elle correspondait bien à sa commande.

Il déposa les trois colis sur son comptoir. Il les ouvrirait plus tard pour ranger leur contenu dans ses armoires à glissières.

Le même scénario se déroula dans toute la France.

A plusieurs milliers de kilomètres, dans la banlieue de Shanghaï, un jeune informaticien vit s'inscrire sur ses écrans informatiques, en temps réel, la confirmation que les pharmacies avaient bien été livrées des produits commandés.

Le système mis en place avait donc fonctionné. Là-bas, du coté de Shanghaï, des génies en informatique avaient réussi à infiltrer puis à détourner les programmes et les bases de données des principaux grossistes répartiteurs de médicaments. Dès qu'un pharmacien renouvelait un médicament, la commande était visualisée en Chine. Pendant une année, les informations ont été analysées, étudiées, triées. Les chinois savaient très exactement ce que les français consommaient comme médicaments. Le deuxième stade a donc consisté à détourner une partie des commandes.

Le détournement de commandes se faisait intelligemment, par petites doses, si l'on peut dire, pour ne pas attirer l'attention.

C'était la première fois que le nombre de plusieurs centaines de milliers était atteint. Mais ce n'était que le prélude à une distribution beaucoup plus ambitieuse. Au regard des millions de produits pharmaceutiques distribués chaque jour dans les pharmacies, cette première opération devait encore passer inaperçue. Elle faisait d'ailleurs encore office de test. Dans huit jours environ, plusieurs centaines de millions de médicaments provenant de Chine, mais commandés aux grossistes répartiteurs en France, allaient se déverser dans les pharmacies françaises. Cette quantité ne passerait certainement plus inaperçue aux yeux de l'Agence Française de Sécurité Sanitaire des Produits Santé. Le Ministère de la santé serait alerté. Mais, par sa lourdeur, l'administration n'arrêterait pas le processus à temps. Et il serait trop tard pour faire retirer des pharmacies tous ces faux médicaments.

Il était loin, le temps du tout premier test portant sur des produits homéopathiques. Le marché avait été jugé trop insignifiant pour que le projet soit poursuivi.

Au même moment, la Direction Générale de l'Aviation Civile recevait par télécopie les tous premiers résultats de l'examen des pièces de l'Airbus retrouvées Ce qui restait du vol AF 164 Paris Bangkok. Sur place, les techniciens et ingénieurs locaux avaient travaillé avec célérité.

Sur la télécopie on pouvait lire : Plusieurs pièces n'apparaissent pas d'origine. Nous soupçonnons les entretoises de joint en carbone qui équipent les moteurs d'être des fausses pièces. Les numéros de série sont des numéros doubles déjà utilisés par le constructeur. Ces pièces n'ont par résisté au froid en altitude, elles semblent comme avoir gelé. C'est sans aucun doute la raison du crash. Nous poursuivons nos recherches. Les pièces litigieuses partent par le premier avion pour contrôle.

Chapitre 17

-Qui êtes vous ?demanda Marc Belot totalement tétanisé.

- Alexis Duparc, je vous ai donné ma carte tout à l'heure.

- Mais pourquoi m'appelez-vous avec le portable de mon amie.

- Votre amie a eu un accident.

Ce que redoutait Marc Belot se confirmait.

-Je suis place de l'Alma, venez, je vous expliquerai.

Marc Belot se précipita en direction de la place de l'Alma, les jambes flageolantes et l'angoisse au ventre.

Arrivé sur place, il eut du mal à se frayer un chemin à travers la foule amassée et contenue par un cordon de policiers. Finalement il aperçut l'inspecteur des douanes Alexis Duparc au milieu des voitures de police facilement reconnaissable par son imperméable.

- Monsieur Duparc, cria t-il.

L'inspecteur se retourna et fit signe aux policiers maintenant la foule de le laisser passer.

Marc Belot était livide.

- Comment va-t-elle ? Que s'est-il passé ?

-Le médecin pompier est très réservé. Elle a été transportée à l'hôpital. Tenez, je vous rends son portable. Il indiquait un appel en absence, alors j'ai appuyé sur le dernier appel entrant, et vous avez décroché.

- Mais pourquoi êtes-vous là, pour un simple accident?

- Ce n'est pas un simple accident. Vous deviez m'appeler demain et je vous aurais tout expliqué. Je pense que vous n'avez plus envie de dîner, nous allons donc pouvoir discuter ce soir.

- Oui, mais je veux la voir, savoir comment elle va ?

- Montez dans ma voiture, nous en discuterons en route. Je vous accompagne à l'hôpital.

Marc Belot suivit l'inspecteur des douanes jusqu'à sa voiture banalisée.

Ils se dégagèrent de l'embouteillage aidés par les policiers sur place.

Ils roulèrent en direction de l'hôpital.

- Pourquoi dites vous que ce n'est pas un simple accident, demanda Marc Belot

- Selon un témoin, une moto est passée à grande vitesse à côté d'elle et elle s'est effondrée sans être heurtée. Un autre témoin aurait vu le passager se redresser, certainement pour lui asséner le coup sur la tête. Elle a donc été assommée, si vous préférez. Enfin cela a été très vite.

Marc Belot se croyait dans un vilain cauchemar. Il s'imaginait la scène, voyant le crâne de Juliette assené par une matraque. Il fixait chaque moto croisant son regard.

-Assommée ! Mais pourquoi assommer Juliette ?

- Sachez que nous enquêtons depuis des mois sur votre Juliette.

- Vous enquêtez sur Juliette ? On parle bien de la même personne, Juliette Kamensky ?

- Oui Juliette Kamensky, elle est soupçonnée d'appartenir à un réseau international officiant dans la contrefaçon. Ceci explique ma présence dans cette enquête, comme officier des douanes. Mais je ne comprends pas pourquoi et qui l'a assommée.

- Quoi ? Juliette ! Appartenir à un réseau international et de contrefaçon en plus ? Mais elle est avocate.

- Ce n'est pas nécessairement un brevet d'honorabilité.

- Mais qu'est ce que vous me racontez, répondit Marc Belot, presque en bégayant. Elle s'occupe de fusions-acquisitions, elle n'a jamais rien compris à la contrefaçon. Elle travaille dans le cabinet - il sortit la carte de sa poche - Blake et Fergusson, c'est ça Black et Fergusson, tenez voilà sa carte.

- Je n'ai pas dit qu'elle était impliquée, j'ai dit qu'elle était soupçonnée d'appartenir à un réseau. Quant au cabinet Blake et Fergusson, il est au cœur de notre enquête, ce serait la tête française de ce réseau.

Marc Belot se demandait s'il rêvait. Juliette sa petite amie, soupçonnée, impliquée, ou peu importe, dans un réseau trempant dans la contrefaçon, cela dépassait pour lui l'entendement.

- Je ne connais pas personnellement ce cabinet, je sais qu'il a débauché toute l'équipe contrefaçon du cabinet Meyer et Bayar, je sais aussi qu'il paye aussi ses collaborateurs à prix d'or. Mais c'est tout ce que je sais. En revanche, je peux témoigner de la moralité de Juliette.

-Ce coup sur le crâne plaiderait en sa faveur, répondit le l'inspecteur des douanes Duparc. Peut être savait-elle trop de choses. Et l'on a cherché à l'éliminer. Je sais, tout cela peut vous paraître étrange, incroyable, mais vous êtes la seule personne qui puisse nous aider. Nous avons donc besoin de vous.

- De moi, mais que me voulez-vous ?

- Que vous coopériez.
- Que je coopère à quoi ? Je vous dis que je ne connais pas ce cabinet Blake et Fergusson, adressez-vous au Bâtonnier de l'Ordre des avocats.

- Savez- vous pourquoi vous avez été engagé par le cabinet Meyer et Bayar, monsieur Belot ?

- Parce qu'il recherchait des collaborateurs spécialisés en droit de la contrefaçon, et j'ai deux diplômes en cette matière.

- Je reformule ma question : pourquoi ce cabinet cherchait-il des collaborateurs ?

- Mais c'est un véritable interrogatoire ! Pour remplacer l'équipe qui a été débauchée par le cabinet Blake et Fergusson, celui-la-même où travaille Juliette, celle que vous soupçonnez répondit Marc Belot, qui commençait à reprendre ses esprits.

- Oui, c'est un interrogatoire, mais il n'est pas en règle, je ne vous oblige donc pas de répondre, mais il serait dommage de ne pas coopérer. Donc ma question est la suivante : pour quelle raison, selon vous, toute l'équipe contrefaçon du cabinet Meyer et Bayar serait partie travailler pour le cabinet Blake et Fergusson ?

- Mais pour de l'argent, une meilleure rémunération, ce sont des cabinets qui payent grassement, je vous l'ai déjà dit, il n'y a rien d'illégal à cela, que je sache.

- Non il n'y a rien d'illégal. Donc, d'après vous, ce serait uniquement pour une meilleure rémunération. Effectivement, vous n'avez pas tout à fait tort, mais je pousse ma question, pourquoi leur a-t-on offert une meilleure rémunération.

- Vous vous moquez de moi ou quoi ? On tourne en rond avec vos questions.

- La rémunération ce n'était qu'un appât, mais pour connaître la véritable raison, il faut raisonner à l'envers, et donc on tourne effectivement en rond si vous voulez.

-Je ne vous suis pas.

- C'est pourtant simple. L'équipe contrefaçon du cabinet Meyer et Bayar a été débauchée dans l'unique but de vous embaucher. C'est l'inverse, Monsieur Belot, vous me suivez maintenant ? Ils devaient faire place nette, pour vous embaucher.

- Non, je ne vous suis pas, je ne comprends rien à votre raisonnement à l'envers. Vous voulez dire que l'on a débauché toute une équipe pour uniquement m'embaucher.

- C'est exactement ce que je veux dire.

- Débaucher toute une équipe pour uniquement m'engager, c'est beaucoup d'honneur répondit ironiquement Marc Belot, et alors que faites vous des autres collaborateurs engagés comme moi ?
- N'avez-vous pas été désigné comme leur superviseur ?
- Comment le savez-vous ?
- Nous le savons, car nous enquêtons aussi sur le cabinet Bayar et Meyer.
- Mais cela date d'hier ! S'étonna Marc Belot. Vous êtes bien informés.
- Nous le sommes, et puis des collaborateurs, l'une est morte, l'autre a donné sa démission. Vous n'êtes donc plus que trois, et les jours des deux autres sont comptés. Nous ignorons si les vôtres le sont aussi.

- Comment cela comptés ? demanda Marc Belot, une boule au ventre.

- Vera Delaroche, ce n'était pas un accident, mais un assassinat.

- Assassinée ?

- Oui assassinée, l'enquête est confiée à la brigade criminelle, vous serez sans doute entendu.

- Entendu, pour Vera Delaroche ? Mais en quoi suis-je concerné ?

-Vous êtes quand même l'une des dernières personnes à l'avoir vue vivante, non ?

- Et Juliette dans tout cela, que savez-vous réellement d'elle ?

- Pour le moment, elle est entre la vie et la mort, et nous sommes arrivés à l'hôpital. Vous avez eu trop d'informations en une fois, qu'il vous faut d'abord digérer. Vous n'êtes pas au bout de vos surprises. Nous continuerons notre conversation plus tard, dans un café, si cela ne vous dérange pas, je commence à avoir faim, vous aussi peut être ?

- Non, plus du tout.

La voiture pénétra dans le parking de l'hôpital.

Chapitre 18

Maître Max Bergman s'était affalé dans son fauteuil. La vision du corps inerte de son collaborateur l'avait physiquement choqué. Jean Michel Delalande était entré dans son cabinet, il y a 2 ans environ. C'était un grand gaillard d'un mètre quatre-vingt-dix et sportif en plus. Aucun signe de faiblesse, et jamais malade. Cette mort soudaine était incompréhensible. Les pompiers, arrivés au bout de cinq minutes, constatèrent simplement le décès.

Le corps avait été laissé sur place recouvert d'un drap blanc. Le médecin pompier avait informé la police de ses soupçons, car la mort ne lui paraissait pas naturelle. La police a ensuite appelé le bureau du Procureur qui a aussitôt dépêché un médecin légiste.

Max Bergman avait rejoint son bureau, après avoir ordonné à ses collaborateurs et ses employés de rentrer chez eux. Mais personne ne voulait partir. Tout le monde était tétanisé.

Ce médecin légiste arriva au bout d'une heure. Max Bergman l'accompagna au bureau de Maître Jean-Michel Delalande.

- Vous vous rendez compte ! lui dit-il de manière aussi naturelle qu'anodine. Je venais juste de raccrocher avec un confrère qui m'annonçait la mort de son patron, contre lequel je devais plaider demain matin. Et juste après ce coup de téléphone je découvre le corps du pauvre Jean-Michel. Deux avocats morts dans la même journée.

Le médecin légiste ne répondit pas, il examinait méticuleusement le visage du mort.

- Je ne suis pas sûr qu'il s'agisse de coïncidence. C'est de maître Meyer dont vous parlez, n'est ce pas ?

- Oui, répondit Max Bergmann, surpris, comment le savez vous ?

- Je reviens de l'hôpital. Je n'ai pas délivré le permis d'inhumer. A ma demande, le Procureur a ordonné une autopsie. Elle aura lieu demain matin.

- Mais quel est le rapport avec Jean-Michel Delalande ?

- Votre collaborateur présente exactement les mêmes stigmates sur son visage. Ils ont tous les deux été empoisonnés.

- Empoisonnés ! Mais par quoi ? Par de la nourriture ? Ils ne fréquentent pas les mêmes restaurants.

- A mon avis, la toxine criminelle ne se retrouve pas dans de la nourriture.

- Mais où alors ?

- Seule l'autopsie le dira.

Chapitre 19

A cette heure, l'hôpital était en pleine effervescence avec ses accidentés de la rue, du travail, ses dépressifs et ses solitaires venus chercher du réconfort.

Marc Belot suivait docilement l'inspecteur des douanes Alexis Duparc. Il pensait à Vera Delaroche, morte assassinée. Ils traversèrent le grand hall des urgences pour rejoindre l'un des ascenseurs.

Dans l'ascenseur qui les montait au troisième étage, Marc Belot fut pris d'une soudaine crise d'angoisse. Il se sentit d'un coup partir.

- Je ne me sens pas bien, eut-il juste le temps de dire avant de tomber de tout son corps, sur le sol.

Tout était incroyable. La situation le dépassait. Il voulait simplement être avocat, traiter tranquillement du droit de la contrefaçon, sa spécialité. Il ne demandait rien de plus. Et voilà qu'en deux jours, il accumulait deux morts, un assassinat, une tentative d'assassinat sur la personne de Juliette. Juliette qui n'avait jamais voulu entendre parler de copie, de droit d'auteur ou de droit des marques. Juliette passionnée de bilans, de comptes d'exploitation, de rachats d'entreprises, de fusions, acquisitions, d'absorptions, de droit boursier, de prises de participation, d'introductions en bourse, d'Opa, d'Opv, de Lbo, soupçonnée d'appartenir à un réseau international de contrefacteurs ! Le cabinet Blake et Fergusson à la tête de ce réseau. L'équipe contrefaçon du cabinet Meyer et Bayar débauchée, pour que je sois engagé ! Mais qui suis-je, pourquoi ais-je tant d'importance ? Deux morts, deux assassinats, un réseau de contrefacteurs, Juliette à la tête de ce réseau. Bonjour Vera Delaroche, alors on a été assassinée ! Ah Juliette que tu es drôle avec ce bandeau sur la tête ! Maître Moritari, que faites-vous là ? Vous saviez pour Juliette et pour Vera Delaroche? Tiens, mais c'est maître Meyer, je vous croyais mort. Mais alors je suis mort.

- Il revient à lui, dit une voix d'une infirmière qui lui prenait le pouls.

Marc Belot, commençait à retrouver petit à petit ses esprits.

- Où suis-je ?

-A l'hôpital, vous venez de faire un malaise.

-Je suis resté inconscient combien de temps ?

- Disons, une minute, lui répondit Alexis Duparc.

- Cela m'a paru une éternité.

- Ce genre de malaise vous arrive souvent ?

-Seulement dans les ascenseurs, je suis claustrophobe, et puis ces effluves d'éther ont fait le reste. J'ai dû paraître ridicule, n'est-ce pas ?

-À l'hôpital, personne n'est ridicule, répondit l'infirmière.

- Bon, nous allions rendre visite à Juliette Kamensky, c'est la porte à côté.

Marc Belot, se remit sur ses deux pieds, attendit que son léger tournis passe.

-Je vous suis dit-il, du moment qu'il n'y a plus d'ascenseur à prendre réussit-il à rajouter, comme pour se donner une certaine contenance.

La chambre de Juliette était à deux pas.

-Pourquoi la présence d'un policier ? demanda Marc Belot en observant un agent en faction devant la porte.

- Pour sa protection. N'oubliez pas aussi qu'on la suspecte. C'est donc pour les deux raisons à la fois.

Alexis Duparc et Marc Belot pénétrèrent dans la chambre.

Juliette dormait, un large pansement entourait sa tête et des tuyaux l'alimentaient en oxygène.

- Mais, je vous connais dit Marc Belot en apercevant une jeune femme assise à côté du lit. Vous êtes Marie Christine Lebelle, on s'est vus hier au cabinet Meyer et Bayar, vous avez renoncé au département nouvelles technologies, j'étais dans le bureau de maître Moritari au moment où vous l'appeliez. Mais que faites-vous ici ?

La jeune femme se leva.

- Oui, on s'est vus hier, je me présente, Aline Ravanella Directrice des douanes spécialement chargée des contrefaçons, Marie Christine Lebelle n'est pas mon vrai nom, je travaille en équipe avec Alexis Duparc.

- Je vous ai dit que vous n'étiez pas au bout de vos surprises, ajouta Alexis Duparc.

- Je pense que mon collègue Alexis Duparc, vous a informé des soupçons qui pèsent sur le cabinet Blake et Fergusson, où travaille votre petite amie, Juliette Kamensky. Vous la connaissez depuis longtemps ?

- À peu près deux années, nous nous sommes connus en quatrième année de droit, mais cela ne vous gêne pas de parler devant-elle ? répondit Marc Belot désignant Juliette du menton.

- Non au contraire, et cela l'aidera peut être à sortir de son coma.

- Mais j'ai besoin de savoir comment elle va. Si elle aura des séquelles?

- Elle s'en sortira, mais de ce que vous nous direz, dépendra aussi l'endroit où elle sera amenée, en détention ou dans votre chambre d'hôtel.

Le ton assez rude utilisé par Aline Ravanella dénotait avec celui plus courtois d'Alexis Duparc. Aline Ravanella était manifestement sa supérieure.

Marc Belot la fixa, elle n'avait plus rien à voir avec cette jeune fille apparemment timide venant décrocher son premier poste de collaboration dans un cabinet d'avocats. Il se sentit soudain agressé, ignorant les tenants et aboutissants de ce qui se tramait autour de lui, il eut soudain envie de reprendre le dessus.

-Je n'aime pas cette situation dit-il. C'est quoi cet interrogatoire qui n'en est pas un ? Et dans un hôpital au chevet d'une personne dans le coma. Vous voulez quoi au juste, m'interroger devant elle, pour qu'elle entende mes réponses, mais alors attendez son réveil ! J'ai vraiment l'impression d'être manipulé. Vous me dites que Juliette va s'en sortir, c'est tout ce que je voulais savoir, et donc c'est moi qui vais sortir.

Les deux fonctionnaires des douanes se regardèrent, légèrement interloqués.

Marc Belot sentit qu'il avait repris le dessus, il ajouta :

- Vous n'avez rien contre moi, sauf à être le petit ami d'une jeune fille dans le coma, soupçonné d'appartenir à un réseau de contrefacteurs, pardon d'avocats contrefacteurs. Madame Ravanella et Monsieur Duparc, je suis fatigué et je recommence à avoir faim, au revoir.

Il tourna les talons, et se dirigea vers la porte.

- Voulez vous savoir ce que signifient les trois lettres O P M ? lui lança Aline Ravanella.

-Officiers de polices manipulateurs, répondit du tac au tac, Marc Belot qui ouvrit la porte de la chambre et sortit.

Se dirigeant d'un pas décidé vers les escaliers de la sortie, il attendait qu'on le rappelle. Il avait repris confiance en lui, en retournant la situation. Mais il avait très envie de retourner au chevet de Juliette, quoiqu'elle ait pu faire.

- Revenez, Monsieur Belot, nous avons besoin de vous, lui lança Alexis Duparc.

Marc Belot se retourna.

-Je sais que vous avez besoin de moi, mais moi j'ai besoin d'être seul trois minutes avec Juliette. N'ayez crainte, je ne lui susurrerai rien à l'oreille qui puisse entraver votre enquête.

- C'est d'accord, répondirent ensemble, les deux officiers des douanes.

Chapitre 20

Maître Max Bergman rentrait chez lui au volant de sa Mégane. Il avait averti se femme qu'il ne dînerait pas et se coucherait aussitôt. Il avait le cœur au fond de la gorge. Il avait aussi une sérieuse envie de vomir

L'avenue des Champs Elysées, la Concorde, La Madeleine, le Boulevard des Capucines, l'Opéra, était son parcours quotidien pour rejoindre son appartement du neuvième arrondissement. Mais il n'était pas à sa conduite, il revoyait tous les événements de la soirée, le coup de téléphone de maître Moritari, l'annonce du décès de son confrère Armand Meyer, le corps étendu de son collaborateur Jean-Michel Delalande, l'enlèvement du corps par les services municipaux, comme une marchandise bien enveloppée dans une housse en plastique de couleur vert foncé. Le corps appartenait désormais à la justice. Tout cela avait été très rapide, trop rapide, et aussi de manière parfaitement orchestrée, rodée, automatique, par des professionnels sans état d'âme. Une grande banalité en quelque sorte. Demain le corps sera autopsié.

Jeune étudiant en droit, il avait assisté à une autopsie, et ne s'en était jamais remis. Toute vue du sang provoquait chez lui un haut-le-cœur. Les meurtres et les cours d'assises ne seraient pas pour lui, cette très brève expérience en avait décidé ainsi. Ses yeux voyaient le corps de Jean-Michel Delalande, nu sur une table en inox, ouvert en deux, débarrassé de ses viscères, foie, cœur, poumon, le tout déposé en vrac dans une bassine en cuivre après avoir été préalablement pesé. Il n'avait pas pu assister à la fin de l'autopsie et s'était toujours demandé si le médecin remettait les organes à leur bonne place. Presque évanoui, il était sorti de l'amphithéâtre, sous les rires de ses camarades qui résonnaient encore dans ses oreilles. Ces rires raisonnaient encore comme des sifflets, couvrant celui d'un policier à moto, lui enjoignant de s'arrêter.

Max Bergman s'arrêta et descendit sa vitre.

- Monsieur, veuillez vous mettre sur le côté, arrêter votre moteur, me montrer permis de conduire et papiers du véhicule.

Max Bergman était encore dans ses pensées.

- Vous savez pourquoi je vous arrête ? demanda le policier.

Max Bergman ne répondit pas, il se sentait patraque, incapable d'ouvrir la bouche, et puis tout cela lui paraissait tellement insignifiant.

-Monsieur, réitéra le policier, avez-vous compris ce que je vous ai demandé ?

Max Bergman gardait l'air hagard.

- Excusez moi, finit-il par lui répondre, je viens de vivre des évènements hors du commun.

- En tous cas, ces évènements, ne vous permettent pas de griller un feu rouge et de rouler sans votre ceinture. Vous ne me semblez pas non plus en état de conduire.

Le motard sortit de sa sacoche arrière un instrument.

-Je vais vous demander de prendre l'embout dans votre bouche et de souffler dans l'alcootest.

-Vous voulez dire souffler dans : « l'appareil qui sert à mesurer l'alcoolémie » , je vous suggère aussi d'utiliser le mot éthylotest, répondit Max Bergman qui reprenait doucement ses esprits.

-Je ne suis pas là pour jouer sur les mots, ni pour plaisanter.

- Je ne plaisante pas, mais « Alcootest », c'est une marque déposée. Il ne faut pas la banaliser. Vous comprenez, car après, ce sera comme klaxon, frigidaire, fermeture-éclair, et j'en passe et des meilleurs. Tenez, je ne donne pas cher de Kärcher à force de citer cette marque pour un oui ou pour un non, au lieu de dire : « appareil de nettoyage propulsant de l'eau à haute pression ». La marque dégénère en mot du langage courant et son propriétaire en est ensuite dépossédé. C'est la règle de droit, et je sais de quoi je parle, je suis Avocat spécialisé en cette matière.

- Si vous ne soufflez pas, je vous emmène au poste.

Max Bergman comprit que son interlocuteur n'avait pas le sens de l'humour. Mais l'idée de souffler dans un ballon l'inquiétait, car, même s'il n'avait rien de bien solide dans son ventre, il craignait un malencontreux reflux gastrique.

Il porta l'embout à sa bouche et souffla le plus longtemps possible.

-Merci, c'est bon, lui dit le policier.

-Je ne me sens pas bien, je vais vomir.

Le policier était désarçonné. Il devait faire respecter la loi, mais aussi prêter assistance à personne en danger. Le visage blême du conducteur qu'il verbalisait, n'avait rien de celui d'un simulateur.

-Appelez, le Samu, les pompiers, je ne sais quoi, mais faites vite, j'étouffe.

La voix de Max Bergman se faisait de plus en plus faible, il sentit comme une étreinte lui parcourir le corps.

-Détendez-vous j'appelle les secours, eut juste le temps de dire le policier avant que Max Bergmann ne perde connaissance.

Chapitre 21

Marc Belot regardait Juliette.

Il savait que les deux agents des douanes, mêmes sortis, pouvaient l'écouter. Il se pencha à son oreille.

- Tu sais, tu es belle avec ce pansement et ces tuyaux. Si au moins je pouvais prévenir ta famille, mais comme moi, tu n'en as pas. C'est d'ailleurs ce qui nous a rapprochés. On s'est bien débrouillés tous les deux. Avocats, et dans les beaux quartiers en plus. J'ai trente mille euros en poche, j'ai de quoi acheter à peu près soixante robes, des robes d'avocats bien entendu. Dans une semaine ou deux on quitte l'hôtel et on trouve un trois pièces. Alors c'est quoi cette histoire de contrefaçon ? Tu m'avais toujours affirmé détester cette matière, comme si, moi, je passais mes soirées à essayer de déchiffrer des ratios bancaires. Tiens, l'autre soir je suis tombé sur l'un de tes bouquins, on y parlait de mali de fusion, et pourtant ce n'était pas en Afrique.

Marc Belot crut voir un très léger mouvement des lèvres de Juliette, et une larme se loger au coin de ses yeux. L'avait-il fait sourire ?

- Encore une deuxième, et cela signifie que tu vas t'en sortir.

- J'ai même compris ton jargon. L'entreprise à racheter s'appelle la cible. Entre nous, j'ai la curieuse sensation que nous y sommes, toi et moi, au centre de la cible.

Marc Belot aperçut la deuxième larme. Il embrassa Juliette sur la bouche et se leva.

- Je suis à vous, lança t-il aux deux agents des douanes qui attendaient derrière la porte.

Ils pénétrèrent dans la chambre.

- Comment voulez-vous que je collabore ?

- Suivez simplement nos instructions. Demain, retournez normalement travailler. Nous vous contacterons sur votre portable. Vous penserez à vous isoler.

- J'ai reçu un chèque de trente mille euros, un acompte, je peux l'encaisser?

- Pourquoi posez-vous cette question, nous ne sommes pas agents du fisc ?

-Je ne sais pas, mais maintenant quelque chose me dit qu'en encaissant ce chèque, je vais m'attirer des ennuis. Me compromettre, si vous préférez, puisque vous enquêtez sur le cabinet Meyer et Bayar. Et si je ne l'encaisse pas, ils se demanderont pourquoi ? Ils penseront que je me méfie. Il est rare de ne pas encaisser un chèque, établi à son ordre, n'est-ce pas ?

- Nous ignorions ce chèque, répondit Aline Ravanella, puis- je le voir, s'il vous plait ?

Marc Belot sortit le chèque de sa poche et le lui tendit.

- Est-ce que, oui ou non, je peux l'encaisser ? C'est pour le moment tout ce qui m'intéresse.

-A votre place, je l'encaisserai répondit Alexis Duparc.

- Mais vous n'êtes pas à ma place. Sacré dilemme. Si je l'encaisse je me fais piéger, si je ne l'encaisse pas, ils vont croire en face que j'ai deviné leur piège. Entre deux maux, à choisir, je préférerai l'encaisser, mais j'ai besoin d'une garantie.

-Quelle garantie ?

-Que je l'encaisse avec l'accord de l'administration des douanes.

-Mais nous n'avons pas les pouvoirs de vous donner une telle garantie.

- Sans cette garantie, je ne bouge pas d'ici.

-Donnez-moi votre chèque, dit sèchement Aline Ravanella

Elle prit le chèque des mains de Marc Belot, et sortit de la pièce.

Marc Belot et Alexis Duparc se regardèrent.

- Elle a du caractère, n'est ce pas ? plaisanta Marc Belot.

- Oui elle a du caractère, c'est le moins que l'on puisse dire.

L'absence d'Aline Ravanella ne dura que quelques minutes.

-Voilà votre chèque, et sa photocopie, dit elle. Ce que j'ai écrit au dos devrait vous suffire. Vous m'excuserez, mais je n'ai pas sur moi le cachet de l'administration des douanes, il faudra vous contenter de ma signature.

-Votre signature vaut mieux qu'un cachet, répondit Marc Belot.

Au verso, Aline Ravanella attestait que Marc Belot lui avait demandé l'autorisation d'encaisser ledit chèque.

- Mais en attestant vous avoir simplement demandé l'autorisation de l'encaisser, cela ne signifie pas pour autant que vous m'autorisez à l'encaisser.

- C'est à vous de choisir, répondit Aline Ravanella. Nous aussi nous avons besoin de nous couvrir, et n'ayant aucun pouvoir d'autoriser quoi que ce soit, je pense avoir trouvé la bonne formule.

-Vous êtes bien de l'administration, pour pondre un tel engagement qui n'engage personne.

- C'est plutôt en raison de ma formation d'avocat, comme la votre. N'oubliez pas que nous nous sommes connus au cabinet Meyer et Bayar. Il ne fallait pas éveiller les soupçons lors de mes différents entretiens.

Marc Belot remis le chèque et sa photocopie dans sa poche. Il aperçut un sourire furtif sur le visage de Juliette.

- Elle semble apprécier votre humour, dit-il à Aline Ravanella.

- Ne vous avais-je pas dit que l'entretien dans sa chambre l'aiderait peut être à sortir de son coma.

Marc Belot répondit par un léger sourire.

Il se dirigea vers la porte, puis se retourna.

-Bon, alors cela signifie quoi, O P M. ?

-Orphelin de père et de mère. C'est votre cas, n'est-ce pas ?

Chapitre 22

Marc Belot, avait rejoint son hôtel.

Il était déjà une heure du matin, mais il ne dormait pas. Il se ressassait mille questions. C'était donc cela la signification des trois lettres O P M. D'accord et après ? Ils font œuvre de miséricorde et d'humanisme dans ce cabinet, en engageant des orphelins. C'est plutôt positif, mais pourquoi engager des orphelins ? Ils n'ont pas un don particulier. Et Vera Delaroche ?

Il se redressa sur son lit, sentant une étrange boule dans son ventre. Vera Delaroche n'était pas orpheline et elle est morte assassinée. Est-ce la raison ? Morte pour avoir ses parents ! Mais Juliette aussi est orpheline ! Et alors son engagement par le cabinet Blake et Fergusson relève t-il vraiment du hasard ?

Marc Belot savait qu'il ne dormirait pas, prisonnier de ces questions. Il quitta son lit, enfila son pantalon, mit une chemise et un pull, et sortit de sa chambre. Il avait besoin de prendre l'air, même à une heure du matin.

Le boulevard des Batignolles était désert à cette heure. Les derniers cafés éteignaient leurs néons. Il arpenta le boulevard plongé dans ses pensées, en quête de réponses.

C'était surtout Juliette qui le tourmentait. Quel était son rôle dans toute cette histoire ? Il ne pouvait l'imaginer appartenir à un réseau de mafieux. Non, pas elle. Et si tout cela était préparé depuis l'origine ? Un coup monté où Juliette serait l'instigatrice ou la complice. L'avait-on volontairement jetée dans mes bras ? Il y a trop de coïncidences dans cette affaire. Juliette est orpheline, comme moi. Elle non plus n'a jamais connu ses parents. Elle aussi a été transportée de famille d'accueil en famille d'accueil. Est-ce la cause, est-ce la conséquence de notre relation ? Non, c'est impossible. Comment peux-tu penser cela ? D'ailleurs c'est moi qui l'ai abordée, puis draguée. Je me souviens, à la fac, elle était assez distante. A quel moment sommes-nous devenus amis puis petits amis ? C'était à la cafétéria, en sortant du cours de droit fiscal. Je me suis trouvé derrière elle. Je ne sais pas pourquoi, mais je lui ai dit : je trouve cette matière froide et inintéressante au possible, de plus je mélange ces foutues plus-values à court terme avec ces foutues plus-values à long terme. D'ailleurs, à voir ma situation financière, il n'est pas encore arrivé le jour où je ferais une plus-value. Elle s'est retournée et m'a souri. Je peux vous aider m'a-t-elle répondu. Et nous nous sommes assis autour d'une table. Elle m'expliquait les plus-values et je lui disais ne rien comprendre à son raisonnement. Vous êtes « bouché » ou quoi ! Oui, c'est ce qu'elle m'a dit. Je m'en souviens encore, car c'est à la suite de cette réflexion que je lui ai sorti une blague idiote avec le mot « bouché ». En parlant de bouché, lui ai-je dit, ce sont deux associés dans une entreprise de plomberie, l'un s'appelle monsieur Lévy et l'autre monsieur Bouché. Devinez comment ont-ils appelé leur entreprise ? Alors ! Vous donnez votre langue au chat ? Elle m'a tiré la langue. Ça, c'est un signe de complicité qui ne trompe pas, ai-je aussitôt pensé. Eh bien ils l'ont appelé Lévy et Bouché, oui Lévy et Bouché, c'est drôle, non ! pour une entreprise de plomberie ! J'ai dû faire un flop, car sur le moment, elle n'a pas réagi. Puis elle s'est esclaffée, me disant que sur l'instant elle n'avait pas saisi. Et je lui ai répondu : c'est comme pour moi, avec les plus values. Et, là, elle a rigolé. Après, on s'est revus, on s'est échangés nos numéros de téléphone. A la fac, dans l'amphi, on s'asseyait l'un à côté de l'autre. Je lui ai pris la main, elle ne l'a pas retirée. Alors, qui a dragué l'autre ? Mince, je crois bien que c'est elle.

Un léger frisson lui parcourut le corps. Allez, il est temps de rentrer me coucher, demain sera un autre jour, se dit-il. Il retourna en direction de son hôtel. D'un pas assez rapide.

Il ne remarqua évidemment pas, la silhouette immobile qui le surveillait à une dizaine de mètres de lui.

Chapitre 23

Monsieur Lallemand attendait impatiemment dans la salle d'attente de son chirurgien dentiste. Il avait insisté auprès de la secrétaire pour être reçu très rapidement, et le seul créneau disponible était dans la minute. Par chance, il habitait à deux pas. En entrant dans la salle d'attente, il fut soulagé de la voir vide.

-Alors, que vous arrive-t-il Monsieur Lallemand ? demanda le Chirurgien dentiste tout en invitant son patient à le suivre.

- Depuis une semaine, Docteur, en mangeant du côté droit je ressens une petite douleur diffuse, j'allais prendre rendez-vous, mais vous savez ce que sait, on reporte. Ce matin, j'ai été réveillé par une douleur insoutenable au niveau de cette molaire, celle qui a un plombage. De plus, j'ai l'impression que ma gencive est enflée. Merci de me recevoir en urgence.

- Bien, Monsieur Lallemand, de toute évidence vous avez un abcès. Je vais prendre une radio.

Le chirurgien dentiste installa son patient sur son fauteuil de travail et prit une radio dont les résultats apparurent instantanément sur l'écran de l'ordinateur.

- Monsieur Lallemand, vous avez bien une infection au niveau des racines de votre dent. Regardez l'écran de l'ordinateur. Vous voyez, cette tache noire en dessous de votre dent, c'est ça l'infection ! Il y a eu une mortification du nerf de cette dent et la formation de pus à l'intérieur. Je vais vous soulager en ouvrant votre dent. Cela permettra au pus de sortir. Vous verrez, cela sera magique ! Il n'y a pas besoin de faire d'anesthésie. Ne vous inquiétez pas, c'est garanti sans douleurs. Parole de dentiste !

Le chirurgien dentiste muni d'un d'instrument rotatif perça la dent et fit sortir le pus.

-Voilà, c'est fini, nous allons laisser la dent ouverte quelques jours. Je vous mets sous antibiotiques.

- Merci docteur. Effectivement c'est magique, répondit Monsieur Lallemand qui ne ressentait plus aucune douleur.

- Vous pouvez descendre du fauteuil, mon assistante vous a préparé une ordonnance d'antibiotiques et de bains de bouche. Je vous revois dans une semaine.

- Merci Docteur, on se revoit dans une semaine.

Après avoir récupéré l'ordonnance et réglé les honoraires, Monsieur Lallemand remercia encore une fois son dentiste.

Le pharmacien était à deux pas.

-Bonjour Monsieur Lallemand, alors ce mal de dents, toujours pas parti, demanda le pharmacien.

- Si, je descends de chez le dentiste, il m'a mis sous antibiotiques, j'avais un abcès dentaire, répondit Monsieur Lallemand en tendant son ordonnance.

- Je vous donne un générique.

- Je ne préfère pas, c'est idiot, je sais, mais je ne suis pas sûr de leur efficacité, je suis de l'ancienne école.

- Vous n'êtes pas le seul, mais croyez-moi, vous avez tort.

Le pharmacien sortit une boîte d'antibiotiques de son armoire.

- Allez, dans trois jours, vous serez en pleine forme. Vous n'avez besoin de rien d'autre ?

- Non merci, je remonte vite chez moi commencer mon traitement.

Le pharmacien encaissa le prix du médicament, et cocha sa vente sur son écran informatique

- Bonne journée, Monsieur Lallemand.

Il sortit après avoir salué une cliente qui entrait.

Il habitait à une trentaine de mètres. Sentant sa mâchoire le tirailler, il accéléra le pas. Chez lui, il se dirigea directement dans la cuisine.

L'ordonnance prescrivait une prise le matin le midi et le soir. Il ouvrit la boîte, fit sauter le comprimé de son alvéole et le mit dans sa bouche. Il but une grande gorgée d'eau et avala le comprimé. Il sortit son portable et composa le numéro de son bureau.

- Je sors de chez le dentiste, une urgence, je serai en retard, dit-il à sa secrétaire. Appelez-moi en cas de nécessité.

Chapitre 24

Marc Belot avait passé une très mauvaise nuit à ressasser les évènements. Il était sept heures trente du matin, il se leva, se doucha, fit sa toilette, prit un café, et s'habilla. La nuit porte conseil dit-on, mais elle ne lui avait rien apporté du tout, car ce n'était pas un conseil dont il avait besoin, mais une réponse claire sur le rôle exact de Juliette dans toute cette affaire encore très nébuleuse.

Dans son for intérieur, il ne doutait pas un seul instant de la sincérité des sentiments son amie. Elle ne pouvait être qu'une victime innocente d'une odieuse machination.

Il souhaitait passer d'abord à l'hôpital, mais il était trop tard. Il prendrait donc des nouvelles de Juliette par téléphone.

Il avait aussi son chèque à déposer à la banque, mais son agence située à proximité de l'hôtel n'était pas encore ouverte, et il ne souhaitait pas le déposer dans une autre agence.

Il marcha jusqu'au métro, quand son portable vibra.

« Appel masqué » s'inscrivait sur son écran.

- Je vois que vous êtes matinal, Aline Ravanella à l'appareil. Où êtes-vous maintenant ?

- Je prends le métro pour aller au bureau, j'ai deux changements j'en ai donc au moins pour trente minutes. Je descends à Charles de Gaulle.

- Vous allez faire un petit détour par la rue de Charonne, à la direction du renseignement et des enquêtes douanières, je vous y attends.

- Vous avez l'intention de me garder ?

- Non, simplement vous donner des informations plus précises.

- Je ne voudrais pas arriver trop tard au cabinet.

- Ne vous inquiétez pas, ils ont trop besoin de vous pour vous le reprocher.

- Il y a une Société Générale à proximité ?

- Je ne sais pas, certainement, pourquoi ?

- Pour déposer mon chèque de trente mille euros.

Chapitre 25

Le premier frisson apparut quelques minutes après son coup de téléphone.

Au second frisson, Monsieur Lallemand se demandait s'il n'avait pas attrapé la grippe.

-C'est sûr, je l'ai attrapée, merde merde et merde, se dit-il à voix haute, sentant maintenant ses yeux lui brûler. J'en ai pour trois jours de lit.

Les frissons devenaient répétitifs. Il se rassurait en pensant aux antibiotiques prescrits par son dentiste, et à celui déjà avalé qui endiguerait ce mal.

Par la pression sanguine, ses tempes se mirent à tambouriner. Il se demandait ce qui lui arrivait alors qu'hier tout allait bien à part cette rage de dents. Il se dirigea vers la salle de bains. Sa démarche était difficile car chaque pas déclanchait une douleur aux articulations. En voulant prendre une grande respiration, il se déclencha une douleur pectorale aïgue. Une masse lui écrasait maintenant la poitrine, s'enfonçant d'un cran à chaque inspiration qui devenait désormais douloureuse. Il avait l'impression que ses poumons se dégonflaient doucement, par paliers, pour ne plus se remplir. Il put saisir un siège et s'asseoir. Il ne respirait que par à coups. Il faut que je reprenne un deuxième antibiotique, se dit-il. Il réussit à se lever, mais aussitôt debout sa tête se mit à cogner de plus en plus fort. Ses yeux brûlaient de fièvre. Il laissa passer quelques minutes. Les maux de tête commençaient à s'apaiser, mais la compression de ses poumons était de plus en plus forte. Au prix d'un énorme effort, il fit les quelques mètres pour rejoindre la cuisine où il avait laissé les antibiotiques. Dans la cuisine, il attrapa la boîte de médicaments et en sortit un nouveau comprimé de son alvéole. Même ce simple geste lui faisait mal. Il avala le cachet en buvant une gorgée d'eau à même le robinet à proximité.

Il resta immobile, car chaque pas déclenchait l'attaque d'une armée de marteaux piqueurs dans son crâne et le passage d'un rouleau compresseur sur son thorax.

L'angoisse montait. Il porta ses mains à son cou pour s'ouvrir la gorge, pour faire passer l'air.

Il devait prévenir le médecin, les urgences. Ayant résilié sa ligne fixe, il ne pouvait appeler que de son portable. Mais, il était resté dans sa chambre. Pour la première fois, il s'en voulait de cette petite économie. D'habitude, son portable ne le quittait jamais, même chez lui, tantôt dans sa poche, tantôt dans sa main. Il mit cinq bonnes minutes, au prix d'un effort surhumain, pour rejoindre sa chambre.

Il attrapa son portable, mais n'eut la force que d'appuyer sur la touche verte qui recomposait le dernier numéro appelé.

-J'étouffe, je vais très mal

- Allo, allo, que se passe-t-il, c'est vous Monsieur Lallemand? demanda la secrétaire qui ne reconnaissait pas la voix de son patron.

Monsieur Lallemand ne répondit pas, il avait cessé de vivre.

A Strasbourg dans la pharmacie de la grande Place, une dame âgée présentait son ordonnance.

Elle renouvelait son traitement contre son diabète et son taux trop élevé de cholestérol. Le pharmacien consulta l'ordonnance.

- On vient juste d'être livré, c'est une chance, dit-il à sa cliente, en lui remettant les médicaments prescrits.

- Il m'en restait encore en réserve, mais j'ai toujours peur d'être à court, alors je constitue des stocks.

- C'est bon à savoir, je pourrai me réapprovisionner chez vous.

- Ah, ça non, je ne veux pas être accusé de trafic de drogue répondit avec humour la cliente.

- Cette drogue est hautement hallucinogène, ne dépassez jamais la dose prescrite.

A mon âge, plus rien ne me fait halluciner, et puis je me demande bien ce qui va m'apparaître devant les yeux.

- Vous me le direz et j'enverrai les résultats au laboratoire, ils établissent des statistiques. Ce sera ensuite un argument de vente, s'esclaffa le pharmacien.

- Eh bien, je vais directement attaquer cette boîte neuve, si ce sont encore des éléphants bleus, écrivez-leur de renouveler leur formule, car cela devient lassant.

Sourire aux lèvres, elle salua le pharmacien et sortit.

Chapitre 26

Le bureau d'Aline Ravanella n'était pas très grand. Assez sommaire d'ailleurs aux yeux de Marc Belot, comparé à son bureau de l'avenue Hoche. En entrant il fut intrigué par la paire de menottes accrochée au mur.

- C'est pour impressionner ? Questionna-t-il.

- C'est effectivement pour impressionner, mais je peux les décrocher Si vous le souhaitez.

-Je préfère les voir accrochées.

- Bon, si nous commencions par le commencement.

- Je suis à votre disposition, répondit Marc Belot.

Aline Ravanella sortit de son tiroir un épais dossier.

- Quel est votre degré de compétence en matière de droit des brevets ?

- A peu près nul.

- Le droit des brevets est pourtant au centre de notre affaire.

- Ça, c'est une malchance, j'ai fait une impasse sur cette matière. Je ne l'ai pas trouvée passionnante.

- Dites-moi ce que vous savez.

- La protection d'un brevet est de vingt années.

- C'est tout ?

-Je connais aussi les conditions de brevetabilité d'une invention, mais c'est très scolaire.

-Allez-y.

- Primo, l'invention doit être nouvelle. Secundo, elle doit impliquer une activité inventive et Tertio, être susceptible d'application industrielle. Une machine qui ferait des ronds de l'eau ne serait donc pas brevetable. Ais- je bien récité ma leçon ?

- Et l'invention ne doit pas être contraire à l'ordre public. Je vous mettrai tout au plus trois sur vingt. Que savez-vous à propos des médicaments ?

-A peu près rien, sauf qu'ils sont aussi protégés par des brevets et donc que leur molécule, leur principe actif, tombe dans le domaine public au bout de vingt ans, en fait un peu plus en raison des délais pour obtenir l'autorisation de mise sur le marché., c'est tout ce dont je me rappelle de mon cours

- J'ai comme l'impression dit Aline Ravanella que l'on vous a volontairement éloigné de cette matière.

- Vous dite volontairement?

-Oui. On a fait en sorte de vous désintéresser de cette matière. De vous en éloigner si vous préférerez.

- Mais pourquoi ?

- Pourquoi ? Mais la réponse est évidente, pour mieux vous contrôler.

-Comment ça, pour mieux me contrôler ?

- N'étant pas spécialiste de la matière, les choses sont donc plus faciles à faire passer, à faire avaler, si je puis m'exprimer ainsi pour des médicaments.

Marc Belot ne comprenait pas cette explication curieuse et surtout péremptoire. S'il n'avait pas aimé cette matière, c'est uniquement à cause de ces implications plus techniques que juridiques. Notamment, il n'avait pas saisi la notion d'activité inventive. « *L'invention de doit pas découler de manière évidente pour l'homme de métier du dernier état de la technique* », avait dit son professeur. D'accord, c'est quoi l'évidence pour l'homme de métier que l'invention ne découle pas de l'état de la technique ? *C'est toute la question du saut qualitatif, de la rupture*. Saut qualitatif, rupture ! Qu'est ce qu'il raconte ? Marc Belot avait lâché prise dès le premier cours qu'il jugeait à son goût trop technique et peu juridique.

Il s'en était quasiment confessé au professeur Le Dantec. *Ce n'est pas grave, Marc*, lui avait-il répondu, *oubliez les brevets, je ne vous interrogerai pas dessus, il y a des matières tout aussi si ce n'est beaucoup plus intéressantes*.

-Vous dites n'importe quoi ! s'insurgea Marc Belot. Le département des brevets ne m'a pas été confié, c'est donc bien la preuve qu'il ne cherche pas à me contrôler.

- Et le dossier qui vous a été confié ?

- C'est un dossier de copie de boite d'emballage de produits homéopathiques. C'est le hasard si cette copie porte sur un dessin d'une boite de produits homéopathiques. D'abord ce ne sont pas des médicaments, ensuite ce n'est pas le produit qui est en cause, mais la boîte.

Donc ce dossier relève du droit d'auteur, des dessins et modèles, ou de la concurrence déloyale, mais en aucun cas du droit des brevets.

- Il ne s'agirait pas d'une boite contenant des produits dénommés Sangaï et votre cliente ne serait-elle pas la société Trimax ?

- Si, comment le savez vous ? répondit Marc Belot, légèrement estomaqué.

Chapitre 27

Maître Moritari consulta pour la troisième fois sa montre. Marc Belot n'était pas encore arrivé, alors que les autres collaborateurs étaient déjà tous à leur bureau. Il composa son numéro de portable, mais reçut sa messagerie en réponse. Il raccrocha sans laisser de messages.

Il était temps de lui dévoiler les raisons de son engagement. Quant aux autres collaborateurs, il se déciderait plus tard.

Curieusement, le décès de Maître Meyer avait fait disparaître le stress qui l'accompagnait depuis un an, depuis le jour où il avait compris avoir mis la main dans un engrenage auquel on échappe difficilement. Car au début sa mission ressemblait un peu à la préparation d'un anniversaire surprise. S'il cachait des informations, c'était dans l'intérêt de maître Meyer. Il en était convaincu. Ensuite les choses se sont compliquées, et les demandes devenaient de plus en plus insidieuses.

De manière affreuse, la mort subite de maître Meyer l'avait indirectement sorti, sans trop de dégâts, de ce piège qui s'était refermé sur lui.

Tout cela, pensait-il, pour avoir accepté d'encaisser un chèque. Qu'ai- je pu être bête, au point de ne pas en analyser les conséquences. Enfin, tout se termine finalement bien, même si la mort d'un homme est passée par là. Le hasard, rien que le hasard, comme on dit, a su dénouer la situation, finit par se dire maître Moritari.

Il se souvenait encore de ce rendez-vous.

Ils étaient cinq asiatiques et un européen.

Il les avait reçus dans la salle de conférence. L'européen avait pris la parole, mais manifestement les autres comprenaient parfaitement.

- Nous représentons le ministère chinois de la santé, avait précisé l'européen en tendant une carte de visite au sigle de la république populaire de Chine. Nous cherchons un cabinet d'avocats capable de défendre nos intérêts. Nous avons mis au point une molécule révolutionnaire destinée à la lutte contre le cancer. Pour le moment, tout est secret, et nous souhaiterions être protégés en France. Nous le sommes déjà aux Etats-Unis.

Sur l'instant, Maître Moritari avait trouvé la démarche totalement normale, et était même impressionné d'être en face d'officiels chinois.

- Il y a cependant un problème, une difficulté, intervint dans un français approximatif, l'un des cinq asiatiques.

Techniquement, Maître Moritari ne voyait aucune difficulté à protéger en France une molécule mise au point en Chine.

- Je vous écoute.

- Nous voudrions une protection à titre occulte, est-ce que vous comprenez ?

Maître Moritari avait bien entendu compris, mais préféra jouer les candides.

- Comment cela à titre occulte? La protection par un brevet est obligatoirement publique, c'est le principe même du brevet.

- Nous désirons un brevet déposé au nom d'une société française. Une société de portage si vous préférez. Officieusement, le brevet appartient à la République populaire de Chine, officiellement à une société française. Nous craignons qu'un brevet aussi important, ne soit pas crédible aux yeux de la communauté scientifique mondiale, si la Chine en est le titulaire.

- Dans l'imaginaire populaire, nous n'arrivons pas à sortir du baume du tigre et de l'acuponcture, ajouta dans un français cette fois parfait, un autre asiatique.

Maître Moritari ne put s'empêcher de sourire.

- Qui seraient les associés de cette société ? demanda Maître Moritari.

L'européen regarda ces cinq acolytes.

- A cinquante pour cent, les cinq personnes qui m'accompagnent.

- Et les cinquante autres pour cent, seront à votre nom, je suppose ? demanda l'avocat.

- Non au votre, répondit un troisième asiatique à Maître Moritari.

Chapitre 28

Aline Ravanella avait fait mouche auprès de Marc Belot en lui dévoilant le nom du Sangaï et de la société Trimax.

Elle ouvrit le dossier déposé devant elle. Ce dossier contenait de nombreuses coupures de presse.

- Monsieur Belot, en septembre 1990, plus de cent enfants sont morts au Nigeria après avoir absorbé un sirop contre la toux dans lequel le « propylène glycol » avait été remplacé par un solvant industriel.

Elle sortit un deuxième article.

- En 1991, des comprimés de quinine ont été distribués en Birmanie pour lutter contre la Malaria, ils étaient totalement inefficaces, c'étaient des copies, on ne connaît pas le nombre exact de morts.

- J'avance dans le temps, en 1995, trois mille personnes sont mortes de méningite au Niger après avoir été vaccinées en pleine épidémie avec de faux vaccins. Les copies imitaient les emballages de deux grands laboratoires mondiaux, dont un français. Elles reproduisaient des numéros de lots exacts, mais ne comprenaient aucun principe actif. Les premières enquêtes ont montré que les faux vaccins provenaient d'un lot de 68.000 doses. Cette affaire n'a jamais été élucidée. En réalité, personne ne voulait l'étaler sur la place publique de peur des retombées médiatiques et économiques. Nous n'étions encore qu'au début de ce fléau, à l'ère préhistorique de la copie de médicaments. On fermait les yeux. Et puis, c'était l'Afrique où l'on s'est ensuite aperçu que les produits les plus vraisemblables circulaient. Des comprimés d'aspirine qui contiennent du talc, des pommades pour soigner les brûlures à base de café et de sciure, des collyres fabriqués avec de l'eau de rivières insalubres.

-Je suppose que vous ne m'avez pas convoqué pour me parler des problèmes de copies de médicaments en Afrique, répondit Marc Belot.

- Vous supposez bien. Aujourd'hui la contrefaçon pharmaceutique déborde largement du Tiers monde. Selon le ministère de l'industrie, presque dix pour-cent des médicaments vendus dans le monde sont des contrefaçons. Aux Etats-Unis, un million de fausses pilules contraceptives ont entraîné soixante mille grossesses. Ce n'est pas grave, me diriez-vous, puisqu'il n'y a pas eu mort d'hommes. Mais, toujours aux Etats-Unis des fausses amphétamines se sont révélées récemment mortelles.

- Et l'Europe ?

-A chaque pays ses copies, l'Allemagne est inondée de fausses pièces détachées de voitures. L'Espagne et l'Italie ont décroché les copies de jouets, l'Angleterre lutte contre la piraterie informatique.

- Et en France ?

- La France a été désignée comme la plaque tournante et le déversoir des faux médicaments. Après l'enquête sur les faux vaccins, nos services ont été alertés suite à la saisie de cinq cent mille flacons de sirop pour bébés, ils étaient remplis de résidus de produits cosmétiques. Jusqu'à hier, nous contrôlions la situation, le trafic était encore artisanal.

- Aujourd'hui, avec le Net nous sommes maintenant à l'échelle industrielle.

-Nous sommes effectivement à l'échelle industrielle, oui, mais le Net n'est pas le nouveau marché de la contrefaçon des médicaments. Les contrefacteurs savent parfaitement que le Net sera le dernier endroit où les consommateurs se fourniront en médicaments.

-Mais alors pourquoi nous inonder d'offres de médicaments.

- Pour mieux nous en détourner, c'est un leurre.

- Je ne comprends pas.

- La contrefaçon de médicaments attaque aujourd'hui les pays riches, avec les copies de médicaments coûteux comme les hormones de croissance, les corticoïdes, les antihistaminiques.

- Et le Viagra, c'est parait-il le produit le plus contrefait au monde ajouta Marc Belot ironiquement.

- Oui, et c'est indirectement grâce au Viagra, que les contrefacteurs nous détournent du Net. Ils jouent sur nos nerfs par la politique de l'outrance.

- La politique de l'outrance ?

- De l'excès, si vous préférez, vous connaissez cette formule : trop d'impôts tue l'impôt. Dans notre cas, trop de Net, tue le Net. Les contrefacteurs nous inondent volontairement d'offres de médicaments, pour nous en écoeurer. Les offres sont tellement importantes qu'elles se décrédibilisent d'elles mêmes. Aujourd'hui, quatre-vingt-dix-neuf virgule quatre-vingt-dix-neuf pour-cent des internautes ne lisent même plus ces offres, ils les détruisent aussitôt. Les contrefacteurs ont ainsi gagné la guerre du Net, en tuant les offres sur le Net.

- Mais pourquoi, quel est le but recherché ?

- Ils poussent le consommateur de médicaments vers le commerce traditionnel, et quel est le commerce traditionnel pour les médicaments ? La pharmacie. C'est aujourd'hui, le secteur économique qui a le moins souffert du commerce électronique, il a même progressé au contraire.

- Je comprends maintenant pourquoi la France a été choisie comme plaque tournante des médicaments contrefaisants, c'est l'un des pays européens où l'on trouve le plus de pharmacies par habitants.

- Vous avez parfaitement compris. Et la France est aujourd'hui victime d'une attaque massive. On ne parle plus de milliers mais de millions, bientôt de milliards de faux médicaments. On ne parle plus de dizaine ou de centaines de morts en Afrique, mais de centaines de milliers de morts....... Aline Ravanella fixa Marc Belot dans les yeux - et ajouta : En France. Oui, en France. Sous peu nous allons regretter le temps glorieux des faux Chanel, Lacoste, Cartier, Vuitton. Nous ne sommes plus dans la contrefaçon de luxe, mais dans la contrefaçon de masse. On s'est beaucoup plaint de l'impact économique de la contrefaçon. On disait qu'elle cassait l'emploi, mais on ne savait pas qu'elle remplirait les cimetières.

Marc Belot découvrait une face cachée de la copie, bien plus dangereuse que la copie de marques ou de dessins et modèles, où il excellait juridiquement. Il regrettait désormais de ne pas avoir été attentif aux cours sur le droit des brevets.

- Quel est le rapport avec le cabinet Blake et Fergusson, le cabinet Meyer et Bayar, le Sangaï, la société Trimax ?

Aline Ravanella ressortit les différentes coupures de presse.

- Le pur hasard. Je vous raconte ce que je tiens des précédents enquêteurs. Toutes leurs enquêtes menaient en Chine, à Shanghaï, centre stratégique de la contrefaçon de médicaments. Le gouvernement chinois qui collaborait avec nous, avait dépêché une équipe d'enquêteurs à Paris. Il était impossible de retenir leur nom. On confondait les Monsieur Li, Monsieur Weng, et les Monsieur Chou. Pour simplifier, ils ont été appelés les Shanghaï, puis Sangaï. Pourquoi Sangaï et non Shanghaï ? Car l'un de nos enquêteurs avait un défaut de prononciation, un cheveu sur la langue, il zozotait. Il disait Sanghaï au lieu de Shanghaï. Toute l'équipe paraît-il en rigolait, alors à la brigade c'est resté. Les enquêteurs chinois étaient devenus des Sangaï, sans les H. C'est stupide, je le reconnais, mais quand la douane a découvert l'existence d'un produit portant le nom de Sangaï, cela a attiré l'attention, il ne pouvait passer inaperçu. C'est comme cela, le pur hasard, un peu comme celui qui se fait bêtement contrôlé parmi les deux cents passagers qui débarquent d'un avion, car il a une cravate jaune. Le Sangaï nous a menés à son importateur, la société Trimax France.

Aline Ravanella continua.

-Au regard de l'ampleur du danger, nous avons contacté l'un des plus grands spécialistes du droit de la contrefaçon, décédé il y a peu, le Professeur Le Dantec.

- Le Professeur Le Dantec, mon professeur! Il travaillait pour vous ?

- Oui, Il faisait le relais avec les autorités chinoises, sous couvert d'une refonte de leur législation. Aux dernières informations, il avait découvert les vraies têtes du réseau. Selon lui, nous faisions fausse route en Chine. Les véritables organisateurs se trouveraient aux Etats-Unis. Il nous parlait d'une future guerre déclenchée par les grands trusts pharmaceutiques américains contre l'industrie concurrente française. Et dans cette guerre, tous les coups seraient permis. Dans sa dernière information, il citait le nom du cabinet d'avocats chargé des intérêts de la société Trimax. Un cabinet anglo-saxon : le cabinet Blake et Fergusson.

- Mais ce sont nous les avocats de la société Trimax, et non le cabinet Blake et Fergusson, répliqua Marc Belot.

- C'est ce que vous croyez. Il y aurait même une taupe dans votre cabinet, Maître Moritari travaillerait en réalité pour ce cabinet.

- Maître Moritari, une taupe ! Mais c'est contraire à tous les principes déontologiques appris à l'Ecole du barreau !

- Peut-être. Mais pour le moment, votre première mission sera de photocopier les dossiers Trimax. Nous ne pouvons pas les saisir officiellement, à cause de votre satané secret professionnel.

Chapitre 29

Maître Moritari avait été surpris par cette proposition. Pourquoi lui demandait-on de participer à hauteur de cinquante pour cent dans une société de portage ? Quel était le but recherché ? Qu'allait surtout en penser Maître Meyer ?

- Mais je dois en parler à Maître Meyer, je ne peux être associé dans une société sans l'en avertir, je ne suis que son collaborateur.

- Maître Meyer n'y verra aucun inconvénient, avait répondu l'Européen.

- Comment le savez-vous ?

- Car la société sera et restera sa cliente, nous nous y engageons.

- C'est la garantie d'une relation pérenne entre une société chargée des intérêts de la Chine populaire et le cabinet d'avocats Meyer et Bayard, et cela grâce à vous.

L'européen avait même ajouté :

- C'est donc un cadeau que vous faites à ce cabinet, nous ne discuterons pas le montant des honoraires. Vous n'êtes pas obligés de répondre dans l'immédiat, cependant nous attendons une réponse rapide, car nous devons mettre sans délai en place un accord et une stratégie.

Maître Moritari avait hésité à donner une réponse positive dans l'immédiat, mais il ne voulait cependant, surtout pas laisser échapper une telle opportunité.

- Je vous donnerai ma réponse sous quarante-huit heures.

- Nous attendrons donc quarante huit heures, mais nous tenons à régler la consultation de ce rendez-vous. Au moins si vous répondez par la négative, vous n'aurez pas tout perdu.

Il lui avait tendu ensuite une carte sur laquelle était simplement inscrit un numéro de téléphone portable.

La consultation était terminée, il s'était levé pour raccompagner ses visiteurs.

- Sous quarante-huit heures, avait rappelé au pas de la porte, l'un des chinois.

Quarante-huit heures étaient passées, et Maître Moritari n'avait toujours pas donné sa réponse. Il se rappelait ses deux nuits blanches passer à ressasser cette proposition.

Le lendemain, Maître Meyer l'invitait à déjeuner pour lui parler des affaires en cours mais également de la situation du cabinet. A la fin du repas. Maître Meyer lui révélait la situation préoccupante de sa trésorerie, sa banque l'avait appelé le matin même, demandant, pour le moment courtoisement, de combler son découvert. Le cabinet Meyer et Bayar connaissait pour la première fois un décalage de trésorerie, non pas en raison d'une baisse d'activité, mais en raison des difficultés croissantes éprouvées par la clientèle victime de la crise économique ambiante. Pour la première fois, depuis sa création, la trésorerie du cabinet Meyer et Bayard était dans le rouge.

Ce fut ce déjeuner qui décida Maître Moritari d'accepter la proposition chinoise.

Le lendemain, Maître Moritari décrochait le téléphone et composait le numéro du portable de l'européen.

- Maître Moritari à l'appareil, j'accepte votre proposition, je suis désolé d'avoir tardé à vous répondre, dit-il. Dois-je m'occuper de la rédaction des actes ?

- Nous n'attendions plus votre appel, mais vous avez de la chance car nous nous apprêtions à rendre visite à l'un de vos confrères, le cabinet Bergmann et Bergmann. Vous le connaissez ?

- Oui, je le connais, c'est un excellent cabinet.

A quelques heures près, pensait Maître Moritari, ce client m'échappait.

- Nous avons rédigé nous-mêmes les statuts de la société. Ils doivent être conformes à la législation chinoise, nous ne voulions pas vous embarrasser de ces détails. Puisque vous êtes d'accord, vous les recevrez par un prochain courrier, il vous suffira de nous les retourner signés. A propos, rajouta l'européen, comme nous n'avons pas reçu votre note d'honoraires pour votre consultation, nous nous sommes permis de vous adresser un règlement, nous avons horreur d'avoir des dettes.

- Pour moi, la consultation était gratuite, enfin je vous remercie pour l'envoi d'un règlement, maître Meyer sera ravi d'apprendre que son cabinet a désormais un nouveau client, je tiens tout de même à garder, pour le moment secrète, vis-à-vis de lui, ma participation dans cette société.

- C'est votre choix, et je le comprends. Effectivement, il sera ravi d'apprendre que son cabinet vient d'hériter d'un nouveau client, et cela grâce à vous. De plus nous nous engageons à régler les honoraires du cabinet Meyer et Bayard d'avance, sur la base d'un forfait mensuel, d'un honoraire de résultat et d'un honoraire calculé au taux horaire.

Maître Moritari s'était demandé s'il avait bien compris, pour la première fois un client acceptait de régler des honoraires au forfait, à l'heure et au résultat.

Il souhaitait tout de même une confirmation.

- Vous voulez dire que le taux horaire s'ajoute au forfait mensuel et au résultat ?

- C'est exactement cela. Nous vous laissons aussi fixer le taux horaire.

Maître Moritari connaissait le taux horaire pratiqué par le cabinet Meyer et Bayard, soit environ trois cents euros de l'heure, et encore seulement si le client ne discutait pas. Il s'apprêtait donc à annoncer ce chiffre.

- J'espère que vous ne dépasserez pas les six cents euros de l'heure, lui avait aussitôt demandé l'européen.

Maître Moritari avait, en entendant ce chiffre, avalé sa salive. Il buvait du petit lait, car jamais encore un client du cabinet ne payait un tel taux horaire, Maître Meyer allait être comblé et riche.

-Non, ce sera donc six cents euros de l'heure, avait-il répondu quasiment instantanément.

- Quant au forfait mensuel, avait ajouté l'européen, si nous disions ..., pour les premiers six mois, cinquante mille euros mensuels et payables d'avance. Il va sans dire que nous nous engageons par courrier. Vous recevrez notre confirmation sous quarante-huit heures. Si vous acceptez ce forfait.

- Oui, bien sûr, vous nous confirmez tout cela par courrier, répondit Maître Moritari estomaqué - réalisant qu'il allait bientôt faire rentrer dans les caisses de son patron la somme de trois cents mille euros - j'attends tous les documents pour la création de notre société et naturellement votre premier dossier.

- Dans une semaine vous recevrez le premier dossier et cinquante mille euros au titre de notre forfait mensuel.

Ils raccrochèrent.

Maître Moritari avait été à ce moment sur un petit nuage. Il allait renflouer les caisses de son patron, en lui assurant une rentrée d'argent qui moucherait les exigences du banquier. Quand je pense, s'était-il dit, que la veille ce même banquier avait osé demander à Maître Meyer de combler son découvert.

C'est après avoir raccroché que l'on avait frappé à sa porte, il s'en souvenait très bien.

La secrétaire de maître Meyer lui apportait une lettre recommandée.

- C'est à votre attention, strictement personnelle, je ne l'ai donc pas ouverte lui avait-elle dit, avant de se retirer.

Maître Moritari avait longtemps regardé l'enveloppe avant de l'ouvrir. Elle indiquait effectivement la mention : A l'attention strictement personnelle de maître Moritari, soulignée de deux traits gras, le tout en dessous du nom et de l'adresse du cabinet Meyer et Bayar. Au dos, le nom de l'expéditeur ne figurait pas.

Il avait décacheté soigneusement l'enveloppe.

A l'intérieur, une lettre était pliée en trois. En bas, un chèque était agrafé, face contre le papier de sorte que l'on ne puisse en lire ni le montant ni le libellé. La lettre n'avait aucune entête, seulement un petit mot écrit à la main.

Il lut :

Cher maître Moritari,

Suite au rendez vous qui s'est déroulé dans le cabinet Meyer et Bayer, nous avons le plaisir de vous adresser le chèque demandé couvrant vos honoraires.

Vous en souhaitant bonne réception,

Je vous prie de croire en l'expression de mes sentiments les plus confraternels

M. Fergusson.

Maître Moritari n'avait pas souvenir que l'européen s'était présenté sous le nom de Fergusson, et aussi d'avoir fixé le montant des honoraires pour la consultation.

En découvrant le libellé du chèque, cela l'avait fait sourire. Le comptable s'était fourvoyé entre l'honoraire de consultation et le forfait mensuel. - Il faut que je le lui retourne avait-il aussitôt pensé, avec tristesse d'avoir à se séparer d'une si belle somme.

Le montant du chèque était en effet de cinquante mille euros. Bien sûr, il pouvait considérer que ce règlement couvrait la première mensualité, mais il y avait un autre problème : le chèque était libellé à son nom, et non à celui du cabinet Meyer et Bayar.

Aujourd'hui, repensant à cet épisode de sa vie, il s'en voulait encore d'avoir téléphoné à ce M. Fergusson. Il aurait dû retourner le chèque avec un petit mot de remerciement. Rien ne se serait ensuite passé, et le piège ne se serait sans doute pas refermé sur lui.

Ses souvenirs étaient très clairs. Il avait tenté à plusieurs reprises de rappeler le numéro du portable mais cela aboutissait à chaque fois à une messagerie.

Il se souvenait aussi avoir relu la lettre accompagnant le chèque. En haut sur le coin gauche, il avait observé, écrit à la main, un numéro de téléphone fixe. Curieux emplacement s'était t-il fait la remarque.

Et, il l'avait composé.

- Secrétariat de Monsieur Fergusson, avait répondu une voix féminine à l'autre bout du fil.

Tout s'était ensuite précipité.

- Pourrais-je lui parler, avait-il simplement dit, sans trop se poser de question.

Au bout de deux minutes, on lui passait M.Fergusson

- Je vous remercie pour le chèque, mais il est à mon ordre et non à celui du cabinet Meyer et Bayar.

- Vous voulez parler du chèque de cinquante mille euros ?

- C'est exact, je suppose donc qu'il couvre la première mensualité.

- Non, celui qui couvre la première mensualité est à la signature, celui entre vos mains est pour vous.

- Comment ça, pour moi ?

- C'est une avance sur investissement, ou bénéfice si vous préférez. Cette somme vous permettra d'investir dans notre société. Vous êtes associés à cinquante pour cent, ne l'oubliez pas.

- Mais la lettre qui accompagne le chèque parle d'honoraires.

- Cela doit être une erreur, ma secrétaire a dû intervertir les courriers.

- Mais je ne peux accepter de recevoir cinquante mille euros.

- Pourquoi ? Il n'était tout de même pas dans nos intentions, et, de vous demander d'être associé à hauteur de cinquante pour cent des parts, et de vous obliger d'investir de votre propre poche. Vous nous rembourserez plus tard. Ce n'est qu'un prêt, avait ajouté M Fergusson sur un ton faussement décontracté.

Maître Moritari ne savait quoi penser, mais dans son for intérieur, tout lui paraissait finalement correct.

- Encaissez rapidement ce chèque pour remettre ensuite la somme dans le capital de la société, avait rajouté M Fergusson.

La discussion s'était terminée par les formules de politesse d'usage.

Maître Moritari avait ensuite regardé de longues minutes ce chèque de cinquante mille euros établi à son ordre. Il en avait totalement oublié les termes de la lettre d'accompagnement se rapportant au paiement d'une demande d'honoraires.

Ce chèque lui avait brûlé les doigts. Or dans ce cas, une alternative se propose. Ou bien on le dépose rapidement en banque ou bien on le déchire.

Maître Moritari avait fait le mauvais choix. Sans trop savoir pourquoi, il avait mis ce chèque dans sa poche puis était sorti de son bureau.

- J'en ai pour trois minutes avait-il dit à la standardiste, ainsi qu'à la secrétaire de Maître Meyer qui se trouvait là.

En bas, il s'était dirigé vers l'agence de sa banque. Elle était au coin de la rue.

Il était entré dans l'agence, elle était vide. Encore le sort du destin, car le temps d'attente aurait pu le faire réfléchir.

- C'est à créditer sur mon compte, avait t-il dit mécaniquement au préposé, en inscrivant son numéro au dos.

- Si vous voulez bien l'endosser, avait répondu l'employé.

Une simple signature, et le chèque se trouvait désormais dans le circuit bancaire, laissant à jamais une trace indélébile d'un transfert d'argent.

Trois jours s'étaient écoulés, et il n'avait toujours pas reçu, ni statuts, ni dossiers, ni nouvelles de M Fergusson.

Le lendemain, à la première heure, il avait recomposé le numéro de téléphone inscrit sur la lettre d'accompagnement.

C'est à ce moment précis que le piège s'était refermé.

- Cabinet d'avocats Blake et Fergusson, secrétaire de maître Fergusson avait répondu cette fois, la même voix féminine.

Sur l'instant Maître Moritari n'avait pas prêté attention à l'annonce de la secrétaire, ne réalisant pas qu'il parlait à un cabinet d'avocats.

- Maître Fergusson à l'appareil.

- Je dois faire erreur, je ne pensais pas appeler un cabinet d'avocats.

- Mais vous ne faites pas erreur, Maître Moritari. Vous appelez certainement pour le chèque de cinquante mille euros destiné au cabinet de Meyer et Bayar et que vous avez encaissé personnellement ?

Maître Moritari avait ressenti à cette seconde précise, comme une boule épaisse se loger dans sa gorge. Il venait de réaliser. Il avait trahi son patron, détourné des honoraires. L'espace d'un instant, ses origines japonaises étaient remontées. Son honneur n'y résisterait pas. Il était donc prêt à se suicider, sans comprendre qui tiraient les ficelles de cette trahison et pourquoi ?

Maître Fergusson l'avait sorti de cette torpeur.

- Je suis désolé avait-il dit, mais c'était le seul moyen de contrôler le cabinet Meyer et Bayar. Nous ne vous demanderons pas grand-chose, et vous oublierez vite cette mauvaise histoire. De plus vous gardez les cinquante mille euros. Vous verrez, tout se passera très bien.

Maître Moritari se retrouvait ainsi prisonnier d'un odieux chantage et se voyait dans un très mauvais film au scénario des plus noirs.

Il n'avait pas répondu, cherchant dans sa mémoire, ce que pouvait répliquer le meilleur des acteurs dans un tel scénario. Il se rappelait la lettre d'accompagnement du chèque, adressée en recommandée, à son attention strictement personnelle, où il était question d'honoraires. Qui plus est, elle avait été apportée par la secrétaire de Maître Meyer.

« Je m'expliquerai, je ne céderai pas au chantage », voilà ce qu'il avait l'intention de répondre.

- Vous êtes là maître Moritari ? avait relancé Maître Fergusson.

- Que dois-je faire, avait-il finalement répondu, s'imaginant dans la peau de Robert Taylor dans le film le Traquenard de Nicolas Ray avec Cyd Charisse, où le héros de ce film des années soixante, était comme lui, un avocat.

Mais aujourd'hui, ce n'était pas du cinéma.

-Travailler exclusivement dans notre intérêt sur les dossiers de la société Trimax.

- Mais ce sont des dossiers du cabinet Meyer et Bayar.

- Ce sont les apparences, dites-vous qu'elles sont encore une fois trompeuses.

Maître Fergusson avait ensuite porté l'estocade pour définitivement ligoter son adversaire.

- Vous n'avez certainement pas eu le temps de le noter, avait-il ajouté, mais le chèque de cinquante mille euros que vous avez encaissé émanait de la société Trimax, elle même.

Le piège s'était refermé par l'encaissement d'un chèque établi à son ordre par un des clients du cabinet, le tout à la suite d'une consultation qui s'était déroulée un jour où son patron était absent. Maître Moritari se verrait accusé d'avoir tout simplement détourné des honoraires destinés au cabinet qui l'employait. Cela s'appelait de l'abus de confiance. Et d'après le code de déontologie et le règlement intérieur du Barreau, la radiation s'imposait.

Chapitre 30

Il était déjà dix heures du matin, Marc Belot serait en retard. Mauvaise impression pour un premier jour pensait-il, mais bon, ils ont besoin de moi. Sur le chemin du cabinet, il croisa plusieurs agences de la Société Générale, mais son chèque attendrait encore au chaud dans sa poche intérieure. Il tenterait d'aller demain matin à son agence.

Maître Moritari l'attendait.

- Alors Marc, ne prenez pas de mauvaises habitudes. Je vous pardonne pour cette fois.

- Excusez-moi, répondit simplement Marc Belot.

- Venez dans mon bureau, nous allons parler du dossier Trimax.

- Vous avez retrouvé les trois dernières pages ?

- Non, mais nous allons les reconstituer.

Marc Belot suivit Maître Moritari dans son bureau.

- Alors vous avez déposé votre chèque en banque, vous voilà riche ? demanda Maître Moritari, une fois assis.

Marc Belot s'apprêtait à répondre par la négative. Il se retint, en se souvenant des paroles d'Aline Ravanella. Il avait peut-être une taupe en face de lui.

- C'est la raison de mon retard, eut-il le réflexe de répondre. Le caissier n'en croyait pas ses yeux. Il m'a demandé de patienter, a appelé le Directeur qui s'est présenté à moi. Il m'a parlé de je ne sais quel placement. Je n'avais pas le temps de discuter, alors il m'a donné rendez-vous demain matin. Mais je n'irai pas, je ne voudrai pas arriver une nouvelle fois en retard.

Maître Moritari souriait.

- Qu'importe, si c'est pour la bonne cause.

Marc Belot se mordit les lèvres d'avoir ainsi menti. C'était désormais trop tard, il devait maintenant poursuivre dans la voie du mensonge. En regardant Maître Moritari, il n'arrivait pas à l'imaginer travailler contre les intérêts du cabinet Meyer et Bayar. Il n'avait pas encore prêté serment et se trouvait déjà mêlé à une ténébreuse affaire de contrefaçon. Heureusement, pensait-il, je suis du bon côté.

Maître Moritari sortit un dossier sanglé.

- C'est le dossier de l'affaire Trimax.

- Mais je croyais avoir laissé ce dossier dans mon bureau, répondit Marc Belot.

- Celui qui est dans votre bureau est un double. Nous pratiquons toujours de la sorte dans ce cabinet. Tout dossier confié à un collaborateur est automatiquement dupliqué.

Maître Moritari appuya sur une touche de son téléphone.

- Sous aucun prétexte, je ne veux que l'on me dérange, dit-il à la standardiste.

Chapitre 31

Juliette pensait. Son cerveau lui envoyait de petits signaux. Elle se savait allongée sur un lit d'hôpital, mais ignorait depuis combien de temps. Elle avait beau fouiller mais rien ne remontait. C'était sûrement l'amnésie après un choc, pensait-t-elle. Aucun souvenir d'un accident ne lui revenait à l'esprit. Le vide absolu, oppressant même. On ne se rappelle jamais du choc, finit-elle pas se dire, pour se rassurer. Mais elle se laissa vite envahir par une sourde angoisse. Si l'on ne se rappelle jamais du choc, on se rappelle toujours de ce qui s'est passé avant. Mais c'était le trou noir. Sa mémoire se vidait.

Maintenant le mot danger clignotait continuellement dans son cerveau.

Quel danger ? Pour qui, pour elle ? Calme toi, si tu te calmes cela reviendra. Je m'appelle Juliette Kamensky. Comme pour un puzzle, les morceaux s'étalaient, épars, il suffisait de les assembler puis de les emboîter les uns dans les autres. Je n'ai pas de parents, je n'ai pas d'enfants, pas de famille, donc le danger est pour qui alors ! Pour moi. Mais pourquoi ? Allez fais un effort. Blake et Fergusson, c'est qui ça ? Blake et Fergusson. Je ne vois pas de monsieur Blake, mais je vois ce nom toujours accolé à celui de Fergusson. Fergusson, alors ! Mais bien sûr, c'est Maître Mike Fergusson, je travaille pour lui. Je suis avocate. Serait-il en danger ? Fusion acquisition, introduction en bourse ! Pourquoi ces mots me reviennent-ils aussi sans cesse ? Je travaille dans un cabinet spécialisé dans ce genre d'opérations. Tiens, un chevalier tout vêtu de noir. Mais c'est une pièce d'un jeu d'échecs, le Black Knight où est alors le White Knight. C'est Black ou Blake ? A la française cela se prononce de la même manière. Calme toi, et réfléchis. Mike Fergusson est en danger ? Attaqué par le chevalier Black ou Blake. C'est comme dans un film. Recommence : Mike Fergusson, Cabinet d'avocats. Fusion acquisition, introduction en bourse, Black le chevalier noir. Je divague. Je vois un jeune homme. C'est Marc. Marc Belot, il me sourit, c'est mon ami. Mais pourquoi est-il armé d'une épée ? Serait-ce lui, le chevalier noir ? Il attaque Mike Fergusson. Monsieur Fergusson vous êtes en danger, attention !

Juliette était en nage, son front se perlait de gouttes de sueur. Elle commençait à s'agiter.

Une infirmière lui posa sa main sur le front.

- Il faut la calmer, elle est en plein délire.

Pourtant, le moniteur indiquait que toutes les fonctions étaient normales.

Juliette se sentait rassurée par la main posée sur son front.

Cherche, se dit-elle, tu dois sauver quelqu'un en danger. Il faut faire vite. Marc Belot avait asséné un coup violent, heureusement avec le plat de son épée sur l'épaule de Mike Fergusson. Il plia le genou. Relevez vous, monsieur Fergusson, il va vous tuer. Que fais tu Marc ? Je ne t'ai jamais vu aussi violent ! N'es-tu pas un ami ?

La brume se dissipait et les souvenirs revenaient, plus précis. J'étais étudiante en droit, c'est à la fac que je t'ai connu. Tu m'avais attendrie avec ton air de « paumé ». Tu ne comprenais rien aux plus-values. Ce n'est pas une plus-value, ce mec, pour celle qui doit vivre avec lui, ais-je pensé. Et puis, tu m'as fait rire, je t'ai rapidement apprécié, je ne te l'ai jamais encore dit, mais je crois t'aimer. J'ai trouvé facilement du boulot dans un cabinet d'avocats. À peine mon diplôme en main, j'ai été contactée par Maître Mike Fergusson du cabinet Blake et Fergusson. Il m'a proposé un salaire d'une telle importance pour un avocat de première année que je ne pouvais le refuser. Mais, il y avait une contrepartie. Je devais travailler à l'heure américaine. Et donc être moins souvent avec toi. Eventuellement le week-end, et encore. Mais à ce prix là, j'aurai travaillé jour et nuit. Souvent, Mike Fergusson me demandait de tes nouvelles : comment va votre ami Marc? C'était gentil de s'inquiéter de notre couple. Il était désolé pour moi de nous savoir séparés la plupart du temps. Il souhaitait même t'intégrer à son cabinet. Mais que veux-tu, Marc, tu n'as jamais voulu travailler dans le droit boursier ou bancaire. Tu aimais les copies, la contrefaçon, les marques, les dessins et modèles. Je me demandais même si tu n'avais pas été envoûté par ce professeur Le Dantec. Tu me parlais sans cesse de lui. J'en étais même jalouse. Mike Fergusson m'a un matin annoncé une bonne nouvelle : tu serais engagé par l'un des plus grands cabinets d'avocats spécialisés dans la contrefaçon, le cabinet Meyer et Bayar. Il me l'a annoncé avant même que tu ne reçoives la lettre de convocation. Tu comprends la surprise maintenant. C'est un chic type ce Fergusson, tu peux me croire. Alors pourquoi s'attaquer à lui ?

Le corps de Juliette fut pris de soudains soubresauts. Les signaux du moniteur s'agitèrent.

L'infirmière se précipita sur elle. Elle bipa le médecin de service.

- Que se passe t-il ? dit-il en entrant

- Elle recommence à délirer.

Le médecin ordonna l'injection d'un tranquillisant.

Calme toi, Juliette, calme toi. Marc, arrête de me secouer. C'est malin d'avoir tué Maître Fergusson. A quoi cela nous mène t-il maintenant ? Réponds moi, bon sang. Tu me demandes de me souvenir de ce qui exactement passé avant notre rendez-vous au Relais Plazza. Rien de particulier. Laisse-moi réfléchir. Maître Fergusson était dans son bureau, il téléphonait, comme tout avocat qui se respecte. Un avocat qui n'est pas au téléphone, c'est louche. Ne ris pas Marc c'est sérieux un meurtre. Il était parfaitement informé de notre dîner puisque l'idée venait de lui. « *Et si vous fêtiez cette bonne nouvelle avec votre ami, m'avait-il proposé. Allez au Plazza, il y a toujours une table réservée à notre nom* ». Je partais donc pour te rejoindre au restaurant, mais je voulais d'abord le remercier. Mes souvenirs se troublent, Marc. Je vois de nouveau un chevalier noir dans le bureau de maître Fergusson. Par où est-il entré ? Il a ton visage Marc, c'est donc toi le chevalier. Que je fasse un effort. Tu me demandes de faire un effort de mémoire. Tu me demandes pourquoi le chevalier noir a abattu maître Fergusson ? Mais c'est à toi de me le dire. Je me trompe, il ne l'aurait pas abattu. Je ne comprends plus rien. Et ce chevalier noir qui s'étale dans mon champ de vision.

Le corps de Juliette commençait à se détendre sous l'effet du tranquillisant.

Je suis fatigué Marc, j'ai envie de dormir. Laisse-moi me reposer, reste là si tu veux. N'insiste pas, je ne me souviens de rien. Cesse de me secouer, Marc.

Le corps de Juliette se remit à trembler.

- Calmez-vous mademoiselle, lui susurra l'infirmière, tout en posant sa main sur son front.

Je te dis tout, mais après tu me laisses dormir. Il était au téléphone. La porte n'était pas tout à fait fermée. Je ne voulais donc pas pénétrer impoliment dans son bureau. J'ai donc sagement attendu que la conversation se termine. Et je l'ai entendu. Dans ce cabinet on ne parle que par métaphores. Il faudra l'abattre a-t-il dit, oui, il l'a répété trois fois : il faudra l'abattre, considérons le comme un chevalier noir. Tu ne peux pas comprendre, tu n'as jamais rien voulu entendre au jargon boursier. Un chevalier noir c'est une société initiatrice d'une offre publique lancée sans l'accord de la société convoitée. Je sais, je sais, ce n'est pas clair, alors écoute bien : lorsqu'une société veut acquérir une autre société en bourse, sans l'accord de cette dernière, elle lance une offre publique d'achat. Si l'achat est hostile, la société qui achète est appelée le chevalier noir. Celle qui risque d'être achetée peut appeler au secours une autre société. On l'appelle le chevalier blanc. Tu as compris, le chevalier blanc est une entreprise qui vient au secours d'une autre entreprise victime d'une tentative de rachat hostile. C'est plus clair ? Non ! En bref : le chevalier noir c'est le méchant, et le chevalier blanc c'est le gentil. Voilà ce qu'il disait Mike Fergusson : il faudra l'abattre comme pour le chevalier noir. Je n'ai pas prêté attention, même si ce mot abattre n'est pas un terme juridique habituellement utilisé. Marc, j'ai peur, je me souviens maintenant. Il a cité ton nom dans la conversation. C'est toi le chevalier noir. Ils veulent t'abattre. Tu es en danger. Lorsque je suis entré dans le bureau après la conversation, il me regardait bizarrement. Il devait se douter que j'avais écouté sa conversation. Il a donc voulu aussi m'éliminer. Tu es en danger. Tu es en danger.

- Sauve- toi, tu es en danger, il vont t'abattre, hurla Juliette en ouvrant d'un coup grand les yeux.

Chapitre 32

Maître Moritari était mal à l'aise devant Marc Belot. Il devait l'informer de la véritable raison de son embauche au cabinet. Lui révéler l'identité des commanditaires dans le dossier Trimax contre la société Biotechnic et surtout le rôle exact de cette société Trimax. Il n'avait pas eu le courage de tout dévoiler à Maître Meyer, mort sans savoir que la société Trimax un des principaux clients de son cabinet n'avait jamais en réalité été victime de contrefaçons mais était au contraire l'initiatrice d'une contrefaçon à l'échelle nationale.

Il mit trois mois pour le comprendre. Maître Fergusson avait remarquablement manœuvré le cabinet Meyer et Bayar. Comment se débarrasser d'un adversaire éventuel et potentiellement dangereux ? C'est simple, il suffisait d'en faire son allié.

Il devait éliminer ce cabinet des prétoires. Il ne fallait absolument pas que ce cabinet, l'un des plus performants dans le domaine de la contrefaçon puisse un jour se retrouver contre la société Trimax.

Donc la solution simple était de désigner ce même cabinet comme son conseil habituel. Les règles élémentaires de la déontologie interdisaient à un avocat d'agir contre son client, aussi, le cabinet Meyer et Bayar défendant les intérêts de la société Trimax, ne pouvait plus jamais être son adversaire dans une quelconque procédure

De plus, pour la société Trimax, avoir pour avocat le cabinet Meyer et Bayar constituait un certificat d'honorabilité vis-à-vis des tribunaux.

Naturellement, jamais Maître Meyer n'aurait accepté de défendre l'organisateur d'une contrefaçon délibérément orchestrée. C'était comme si on demandait à un avocat de conseiller un malfaiteur, avant qu'il ne commette son méfait. Voir à un criminel, avant qu'il ne commette son crime : *« Vous le tuerez de telle manière, ainsi vous ne serez pas inquiété »*. C'était la radiation assurée suivie de la prison pour complicité.

Les premiers dossiers adressés par la société Trimax au cabinet Meyer et Bayar étaient des dossiers simples dans lesquels, elle se plaignait à chaque fois d'être victime de contrefaçon. La contrefaçon était flagrante, la société Trimax était victime, l'ordre des choses était respecté. Seulement ni Maître Meyer ni Maître Moritari ne se doutaient que ces dossiers étaient totalement artificiels. Les adversaires attaqués et condamnés appartenaient de manière parfaitement occulte aux dirigeants de la société Trimax et donc indirectement à Maître Moritari associé dans cette société malgré lui.

Le cabinet Meyer et Bayar facturait six cents euros de l'heure, recevait les cinquante mille euros mensuels auxquels s'ajoutait un honoraire de résultat. Jamais le cabinet Meyer et Bayar n'avait été aussi riche. Maître Meyer ne savait d'ailleurs pas comment remercier son collaborateur Moritari d'avoir su ainsi capter un tel client.

La trésorerie était devenue créditrice au point de susciter la convoitise de tous les banquiers.

Maître Moritari en oubliait même le point de départ ambigu de cette relation. Tout roulait merveilleusement bien, c'était véritablement un cadeau « surprise » offert à son patron et il en était satisfait. Il avait lui-même été largement augmenté.

Mais tout se précipita lorsque Maître Moritari reçut de Maître Fergusson un courrier avec une demande pour le moins étrange. Comme la première fois la lettre recommandée avec avis de réception était adressée à son attention strictement personnelle. Et, comme la première fois, la secrétaire personnelle de Maître Meyer la lui avait apportée. La demande était surprenante, formulée en quelques lignes : *Veuillez recruter Monsieur Marc Belot, ainsi que quatre autres avocats. Choisissez exclusivement des avocats orphelins de père et de mère.*

Lorsqu'il s'inquiéta auprès de Maître Fergusson de la raison de cette embauche, il ne reçut qu'une réponse détournée. « *Dans quelques jours, tous vos collaborateurs donneront leur démission, il faut donc les remplacer* ». « *D'accord, mais pourquoi recruter des orphelins ?* ». Il ne reçut aucune réponse.

Dans la même semaine, Maître Moritari recevait toujours par le même procédé un nouveau dossier de la société Trimax, auquel était joint encore un mot écrit à son attention. « *Cher monsieur Moritari, veuillez trouver un nouveau dossier. Il s'agit du dossier Trimax contre la société Biotechnic. Nous avons nous-même rédigé au nom du cabinet Meyer et Bayar l'assignation en justice qui a déjà été délivrée aux différents adversaires. Vous trouverez également les pièces du dossier, il s'agit des copies de boîtes de médicaments. Maître Meyer ne doit pas prendre connaissance, pour le moment, des trois dernières pages de cette assignation. Vous lui remettrez en conséquence un jeu tronqué, sans ces trois pages.* Il y avait un PS : « *Surtout n'ouvrez pas personnellement la boîte de médicaments numérotée quatre dans la liste des pièces* ».

Le mot personnellement était souligné.

En lisant les pages quatre à six de l'assignation déjà délivrée au nom du cabinet Meyer et Bayar, Maître Moritari savait que ses jours étaient désormais comptés. Ses origines japonaises et son honneur seraient à jamais meurtris.

Ce qu'il lisait fit remonter l'envie d'en finir une fois pour toute avec ses jours.

« *A moins que je ne dévoile tout à Marc Belot* » se disait-il avant d'engager la conversation avec lui.

De son côté, Marc Belot, sagement assis en face, se demandait quel rôle jouait exactement maître Moritari dans toute cette histoire ? Mais ses pensées allaient vers Juliette.

- Marc, parlez moi du dossier Trimax.

- C'est un dossier apparemment simple, je dis bien apparemment car il relève de la copie de boîte de médicaments, pardon, il ne s'agit pas de médicaments à proprement parler mais de produits homéopathiques. Je n'ai pas vu les pièces, mais à lire l'assignation nous trouvons les mêmes dimensions, les mêmes couleurs dominantes, et un dessin d'accroche quasiment identique : une fleur dans chaque cas, même si elle est différente, je plaiderai volontiers la copie.

Maître Moritari fut surpris que Marc Belot ne fasse aucune allusion aux trois pages manquantes.

- Vous attaqueriez donc uniquement sur le fondement de la copie de boîtes ?
- N'est ce pas ce fondement qui est invoqué dans l'assignation ? Je suis parfaitement d'accord avec celui qui l'a rédigée.
- Vous ne voyez aucun autre fondement juridique ?
- Si, bien sûr la concurrence déloyale, le comportement parasitaire.
- Et les brevets ?

Marc Belot, se rappelant la discussion de ce matin avec Aline Ravanella, devinait dans quelle direction souhaitait l'amener Maître Moritari

Sur ses gardes, il s'obligeait à cantonner ses réponses strictement sur le terrain juridique.

- A première vue, non, ce n'est pas le principe actif qui est mis en cause. De plus les produits homéopathiques sont des produits naturels, ils ne sont donc pas brevetables.

Maître Moritari ne savait pas comment lui annoncer la véritable nature de ce dossier et le rôle qu'il serait amené à jouer. Il n'était pas de nature cynique, et avait d'ores et déjà refusé de jouer la carte « chantage » avec le chèque de trente mille euros encaissé ce matin même. Son commanditaire lui avait en effet imposé de pratiquer de la sorte, ajoutant avec une pointe d'humour ce qu'il n'avait nullement apprécié : «... *pour un jeune avocat, trente mille euros devraient largement suffire* ».

Chacun se sentait dans une situation très inconfortable.

Chapitre 33

Mike Fergusson était satisfait. Il avait jusqu'à présent parfaitement respecté le plan élaboré par ses clients : prendre pied dans le cercle très fermé des avocats spécialisés dans la contrefaçon. Il lui restait cependant à accomplir la dernière étape.

Après il serait riche de plusieurs millions d'euros, très riche et loin.

Tout avait commencé quand, jeune Avocat collaborateur au Barreau de Londres, il avait défendu pour le compte de ses patrons, des industriels chinois accusés d'avoir importé des copies de produits homéopathiques. Il avait remarquablement bien défendu son dossier, en plaidant le délit impossible, car rien alors ne protégeait légalement ce type de produits.

Plusieurs années passèrent quand ces mêmes industriels le contactèrent mais cette fois personnellement.

Ces industriels souhaitaient recruter un avocat travaillant exclusivement pour leur compte.

- Nous souhaitons exporter en Europe. Nous avons besoin d'un conseil à temps complet. Sa rémunération sera de cent mille euros mensuels, hors frais, mais il y a une condition, il doit s'installer à Paris. Naturellement les frais d'installation sont à notre charge.

- Pour ce tarif, avait-il répondu sans réfléchir, je suis prêt à m'installer dans la brousse, alors Paris me conviendra parfaitement. Quels produits souhaiteriez exporter ?

- Des produits pharmaceutiques.

Au regard de sa première expérience, Mike Fergusson ne se faisait aucune illusion sur la nature contrefaisante desdits produits. Mais finalement, eux aussi avaient le droit d'être défendus.

- Ce seront des copies ?
-Ce seront effectivement des copies, avait tout simplement répondu le client.

Il avait comme seule famille, un vieil oncle vivant dans l'Etat du Michigan, qui contrairement aux idées reçues sur les oncles d'Amérique, n'avait aucune fortune à léguer.

C'est donc sans regret que, crédité d'un premier virement de cent mille euros, il quitta Londres et installa un cabinet à Paris. Comme tous les noms des cabinets anglo-saxons étaient des noms composés, il s'inventa le nom de Blake qu'il accola devant le sien.

La deuxième étape était de prendre une participation dans un cabinet français.

- Il nous faut le meilleur des cabinets d'avocats dans la contrefaçon, avaient demandé ses clients. Nous avons nous-mêmes enquêté, c'est le cabinet Meyer et Bayar qui nous intéresse.

Ce cabinet était spécialisé dans la matière et avait acquis une excellente réputation auprès des tribunaux.

De plus, prônait à sa tête un avocat sexagénaire, sans descendant et donc sans héritier, facilitant ainsi la transmission du cabinet en cas de décès. Aucun membre de la famille ne serait présent pour rappeler son droit à la part du gâteau successoral.

En se renseignant sur la cabinet Meyer et Bayar, Mike Fergusson trouva une autre pépite : le principal collaborateur était d'origine sino-japonaise, et également orphelin.

Le cabinet Meyer et Bayar présentait donc bien le meilleur des profils pour être la cible des clients de Mike Fergusson.

Cependant, Maître Meyer n'était pas homme à vendre son âme pour de l'argent, quel qu'en soit le montant. Son honnêteté et son intégrité seraient une barrière impossible à franchir pour Mike Fergusson.

-J'attaquerai donc par la face asiatique avait-il expliqué avec humour à ses clients.

Maître Moritari avait été une proie facile à manipuler. En encaissant un honoraire destiné au cabinet Meyer et Bayar, il s'était sur le plan pénal rendu coupable d'un abus de confiance et sur le plan déontologique d'une faute sanctionnée par la radiation. Il ne pouvait donc que marcher droit aux ordres de Mike Fergusson.

Seulement, le cas de Maître Meyer était beaucoup plus compliqué à résoudre

- Nous comprenons votre désarroi, s'étaient expliqués ses clients. Nous n'avons cependant pas le choix, Maître Meyer est un trop grand obstacle, il doit laisser définitivement sa place à Maître Moritari.

- Qu'entendez vous par définitivement ?

- Vous le savez très bien. Nous sommes disposés à vous offrir une large compensation.

Les mots n'étaient pas dits, mais Mike Fergusson comprenait parfaitement ce que ces clients entendaient par « définitivement ».

Maître Meyer devait disparaître, être éliminé physiquement.

Le soir même, il appelait ses clients, avec une idée bien en tête.

- Je n'accepte pas cette solution, je n'ai pas l'intention de finir mes jours avec un mort sur ma conscience.

- Vous n'avez pas le choix. De plus, son élimination est déjà programmée, et plus rien ne peut l'arrêter, nous sommes désolés.

Mike Fergusson s'était douté de cette réponse, il savait que ses clients ne reculeraient devant rien. Il avait donc pris le parti de « jouer le jeu », se sachant prisonnier d'un destin qu'il ne contrôlerait plus. Il devait toutefois garder la tête froide, pour éviter d'être la prochaine victime. Alors son choix avait été d'être de leur côté.

Cette élimination serait grassement compensée, s'était-il dit à cet instant.

-Vous m'offrez une compensation, elle sera donc d'un million d'Euros, avait-il donc simplement répondu très froidement.

Après quelques secondes d'un lourd silence, il recevait une réponse affirmative.

- Où vous voulez recevoir cette somme ?

Le lendemain, un million d'euros était crédité sur un compte numéroté en Suisse.

Désormais, Mike Fergusson était pieds et poings liés avec une organisation criminelle. Dans la foulée, il apprenait la mort de Vera Delaroche.

Toute vie tranquille était terminée. Il l'acceptait sans trop se poser de questions. Mais il allait le faire chèrement payer.

- Il faudra l'éliminer aussi. Considérez-le comme un chevalier noir, avait-il précisé à son client, lors de sa dernière conversation téléphonique.

C'était de maître Moritari dont il parlait.

Il rajouta :

- Mon tarif est le même, un million d'euros, j'attends d'être crédité avant d'entreprendre quoi que ce soit.

En raccrochant, il avait remarqué sa collaboratrice, au seuil de son bureau.

Elle avait certainement surpris sa conversation. Il rappela son correspondant.

- Il y a un problème, je crains que Juliette Kamensky m'ait entendu.

-Nous nous en chargeons, avait répondu son client.

Chapitre 34

Maître Moritari était ailleurs, il n'écoutait plus Marc Belot qui lui expliquait pourquoi les produits homéopathiques n'étaient pas légalement protégeables. Toute cette leçon de droit lui paraissait si dérisoire, s'il savait !

En regardant Marc Belot, il se demandait comment tout cela allait finir.

Mike Fergusson était passé à la vitesse supérieure dans ses exigences. Maître Moritari avait reçu pour mission de contraindre par tous moyens Marc Belot de travailler pour le compte de l'organisation. Et aujourd'hui, il savait cette organisation ouvertement criminelle. Les dernières paroles de Mike Fergusson avaient été terribles : « *S'il n'accepte pas, nous serions contraints de nous séparer de lui* ». La séparation dans la bouche d'un personnage aussi cynique que Mike Fergusson, signifiait le grand départ.

- Marc, je suis désolé.
- Pardon ?
- Je suis désolé, Marc
- Mais désolé de quoi ?
- Tout ceci n'est qu'une mise en scène, vous êtes piégé, je le regrette.
- De quoi parlez vous ? Pourriez-vous vous expliquer, demanda Marc qui jouait l'incrédule.
- Je dois tout vous dire, le cabinet Meyer et Bayar a été manipulé. C'est aujourd'hui la tête de pont d'une organisation mafieuse. Et je travaille pour eux. Vous devez vous aussi coopérer.

Marc Belot ne devait pas dévoiler ses propres informations, sa connaissance de la situation. Il devait d'abord élucider le rôle exact joué par cette taupe comme l'avait surnommé Aline Ravanella. Il joua la surprise.

- Je ne comprends pas, et de qui vous parlez quand vous dites « eux » ?
- D'une organisation criminelle spécialisée dans la contrefaçon.

Maître Moritari fut surpris par l'absence de réaction de Marc Belot, à peine ébranlé par cette information. Il avait en face de lui un jeune homme qui restait de marbre. Il ne reconnaissait plus le jeune collaborateur embauché quelques jours plus tôt.

Marc Belot ressentait de son côté une grande fragilité chez ce confrère en principe expérimenté. Il n'eut aucune difficulté à inverser la situation, c'était désormais lui qui devait poser les questions.

- Vous savez qui dirige cette organisation ?

Maître Moritari était partagé entre l'obligation de se taire et le désir de tout dire.

Mais il avait déjà fait le choix, en priant qu'il soit le bon.

-Le cabinet Blake et Fergusson.

Marc Belot devait rester impassible. A l'annonce du nom de Blake et Fergusson, il baissa simplement les yeux. Il repensait à Juliette.

- Etes vous maître de la situation, demanda Marc Belot ?

- Pourquoi me posez vous cette question ?

- Pour savoir qui j'ai vraiment en face de moi.

Maître Moritari était encore surpris par cette question. L'entretien prenait la forme d'un interrogatoire. Il pensait avoir affaire à un gamin facilement manipulable, c'était au contraire un homme aguerri qui lui faisait face.

Il souhaitait tout déballer, parler enfin à quelqu'un, et ce quelqu'un était Marc Belot. Il se sentait, lui l'enfant, et Marc Belot l'adulte. Cette situation finalement le rassurait. C'était un peu comme une confession avant l'extrême onction. Il avait décidé de mettre fin à ses jours, alors autant tout dire, et même dévoiler l'issue finale à son interlocuteur.

- Je suis en effet victime d'un chantage, je ne peux donc plus reculer.
- Vous le souhaiteriez ?
- La question ne se pose plus aujourd'hui, mon destin est scellé et mes jours sont comptés.
- Pourquoi dites vous que vos jours sont comptés ?
- Tout simplement parce que cette situation m'est insupportable. Si je romps le pacte, je ne donne pas cher de ma peau, mais si je ne le romps pas, je mettrais fin à mes jours. Il n'y a pas d'autre alternative, c'est aussi simple que cela. Je souhaiterais vous éviter le même sort.

Marc Belot n'était pas assez fin psychologue pour déceler le faux du vrai dans les intentions suicidaire de Maître Moritari, mais il n'était pas difficile de comprendre que Maître Moritari était un homme au bout du rouleau. Accepter ainsi de se confier à un jeune collaborateur, en était la parfaite démonstration.

- Vous voulez m'éviter le même sort, dites-vous ?
- Ils ne reculeront devant rien, si vous n'acceptez pas de collaborer. Je suis désolé pour le chèque, c'était un piège. Ils vous tiennent maintenant. Vous serez accusé d'avoir détourné les honoraires du cabinet qui vous emploie. C'est ainsi qu'ils m'ont piégé. Mince récompense, je vaux plus cher que vous, pour moi c'était cinquante mille euros.

Marc Belot pensait à son chèque toujours dans sa poche, il se disait aussi que dans trois jours, ils constateront l'absence de débit. Mais il devait encore garder cette information secrète.

- Pourquoi le cabinet a-t-il engagé des collaborateurs orphelins de père et de mère ?

Maître Moritari fut cette fois très surpris de cette question. Comment ce jeune collaborateur avait-il appris cette information ? Il se demandait aussi quel rôle jouait-il ? Peu importe. Il n'avait nulle envie de savoir, il était vidé. Il se sentait tellement plus à l'aise dans la peau de celui qui est interrogé que dans celle du manipulateur qu'on lui avait demandé d'endosser

- Pour tout vous dire, je n'en sais rien, mais je le devine. Mike Fergusson me l'a demandé sans m'en donner les raisons. Mais aujourd'hui cela crève les yeux.

Marc Belot interrogea du regard Maître Moritari. Lui aussi avait compris la raison, il ne fallait pas chercher très loin l'explication.

- Je suppose, poursuivit Maître Moritari, que l'absence de famille rend leur disparition moins problématique ou si vous préférez moins compliquée à gérer. Qui va s'en préoccuper ?

- Il n'est pas interdit aux orphelins de vivre en couple. A défaut de parents, ils peuvent avoir des conjoints voire même des enfants, et donc une famille.

- A une exception près, tous les collaborateurs engagés vivaient seuls.

Marc Belot pensait à Vera Delaroche, il voulait en avoir la confirmation.

- Qui est cette exception ?

- Eh bien, vous, Marc.

- Comment cela ?

- Mike Fergusson a appris que vous étiez en ménage avec Juliette Kamensky. Il l'a donc engagée. Certainement pour avoir une meilleure emprise sur vous, suivre vos faits et gestes et connaître aussi vos pensées. Même si, parait-il, vous ne la voyez plus aussi souvent. Je crains qu'elle soit elle aussi sous sa domination. Je suis désolé de vous dire cela.

Marc Belot dissimula sa satisfaction. Cette information le soulageait. Il savait enfin pour Juliette. Elle aussi avait été manipulée. Elle ne risquait plus rien, du moins du côté des autorités policières et judiciaires. Il avait envie de remercier Maître Moritari de lui avoir enfin ôté ce poids. Tout doute était levé quant à sa participation dans cette organisation. Pauvre Juliette, si tu savais, ce que tu me manques. Excuse-moi d'avoir douté de toi, pensait-il. Mais il n'en avait pas terminé avec son interrogatoire.

-La société Trimax est au centre de cette organisation n'est-ce pas ?
-La société Trimax appartient effectivement à l'organisation. Tous les dossiers Trimax ont pour unique but d'alimenter en honoraires le cabinet. En bref, c'est cette société et le cabinet Blake et Fergusson qui nous paye et qui vous paye par conséquent.

Marc Belot avait enfin compris la remarque d'Aline Ravanella à propos de cette société. Mais elle n'avait pas voulu lui en dire plus.

- Vous savez pour Vera Delaroche ? poursuivit Marc Belot.
- Oui, c'est bien triste.
- Vous parlez de l'accident ?
- Je parle de l'accident effectivement.
- Donc vous n'êtes pas informé ?
- De quoi ?
- Elle a été assassinée.

En entendant le mot « assassinée », Maître Moritari reçut comme un coup de poing en plein estomac.

-Assassinée ?
- Oui assassinée.
-Oh mon Dieu !
- C'est à mon tour d'être désolé de vous dire cela.
- Vous êtes sûr, comment le savez- vous ? Maître Moritari était blême.
- Je le sais.
- Ce n'est pas possible, ce n'est pas possible.

Marc Belot vit des larmes sortir des yeux de Maître Moritari.

Il avait aussi désormais suffisamment d'informations pour établir le rôle exact de Maître Moritari. Il était manifestement une victime. Mais ce n'était pas à lui de trancher la question de sa culpabilité. Qu'en penserait Aline Ravanella ? Il lui restait une dernière question à poser, ou plus exactement deux, mais la seconde dépendait de la réponse à la première.

Maître Moritari s'était levé de son siège, sans dire un mot, comme un automate, il se dirigeait vers la fenêtre.

- J'ai chaud, dit-il simplement.

Marc Belot mit deux secondes pour comprendre qu'à la troisième il serait trop tard. Maître Moritari avait déjà la moitié du corps à l'extérieur, il allait se défenestrer. Marc Belot se précipita et réussit à lui empoigner les jambes. Il ne s'était pas douté de la lourdeur d'un corps à moitié dans le vide, il avait besoin d'aide.

Au même moment, Alexis Duparc ouvrit la porte du bureau et se précipita pour aider Marc Belot.

A deux, ils réussirent à le hisser.

Une secrétaire entendant ce remue-ménage entra aussi précipitamment dans le bureau.

Elle vit Marc Belot et le client qu'elle avait dirigé dans la salle d'attente, s'affairer auprès de Maître Moritari. Maître Moritari était adossé près de la fenêtre grande ouverte.

- Tout va bien, un malaise, nous contrôlons la situation, dit Alexis Duparc, je suis médecin.

La secrétaire se retira.

Marc Belot et Alexis Duparc firent asseoir Maître Moritari qui reprenait quelques couleurs.

Marc Belot ôta sa veste pour en détacher le micro et la caméra miniature qui étaient dissimulés.

Tout avait été enregistré et filmé. Aline Ravanella l'avait harnaché de cet équipement. La police et la douane devaient connaître le rôle exact de Maître Moritari, et Marc Belot s'était volontiers prêté à ce jeu. Alexis Duparc était installé dans la salle d'attente. Il devait prendre la suite de l'interrogatoire qu'il suivait grâce à son oreillette et son écran de poche.

Marc Belot n'avait pas eu le temps de poser l'avant dernière question : « Etes vous d'accord de collaborer avec la police » ? Mais la réponse ne faisait pas plus de doute. En apprenant l'assassinat de Vera Delaroche, Maître Moritari, s'estimant indirectement responsable, avait choisi de mettre fin à ses jours.

Alors, quitte à donner sa vie, autant la donner pour les besoins de l'enquête.

- Vous n'êtes pas coupable, mais victime, nous avons besoin de vous pour démanteler cette organisation dit Alexis Duparc en tendant sa carte à Maître Moritari, autant pour le rassurer que pour mettre fin à toute nouvelle tentative de suicide.

-J'avais une dernière question à vous poser, Maître Moritari, intervint Marc Belot : « De quoi est-il question dans les trois pages manquantes de l'assignation Trimax contre Biotechnic ? »

112

Maître Moritari ouvrit son tiroir, et en sortit les trois pages manquantes.

- Tenez les voici, je vais vous expliquer.

Chapitre 35

Peu importe le sort que me réserve Mike Fergusson quand il apprendra ma trahison. D'ailleurs, ce n'est nullement une trahison. On m'a forcé. Je suis une victime. La police en est convaincue. Tout le monde aurait réagi comme moi. Je vais enfin dormir sans cette boule d'angoisse qui perturbe mes nuits, pensa maître Moritari.

- Nous vous écoutons, lui dit Alexis Duparc sortant ainsi maître Moritari de ses pensées.

- Excusez-moi, reprit maître Moritari. Pour comprendre la signification des trois dernières pages de l'assignation dans le dossier Trimax contre Biotechnic, il faut remonter deux années en arrière. C'est à cette époque que tout semble avoir commencé.

Voilà : Il y a deux ans, le cabinet avait été chargé de défendre les intérêts d'un laboratoire pharmaceutique français en conflit avec un laboratoire concurrent américain, sur la paternité d'un nouveau principe actif destiné à combattre le cancer. Pour être précis, mais c'est important, les deux brevets présentaient des différences minimes dans leur composition, notamment un très léger différentiel dans chaque dosage.

Il existait cependant un problème rédhibitoire pour notre client français. Le brevet français était postérieur de quelques mois au brevet américain. Le brevet français nous est donc apparu à Maître Meyer et moi-même, très fragile.

Il y avait, certes ce différentiel dans chaque dosage, mais ce différentiel n'était pas suffisant pour créer la nécessaire « *rupture qualitative* » entre le second et le premier brevet qui permet au second d'être brevetable et non pas la contrefaçon du premier.

Maître Moritari souffla un instant.

-J'espère ne pas être trop technique.

- Continuez, répondit Alexis Duparc.

Marc Belot regretta que Maître Moritari ne s'expliquât pas plus longuement sur cette notion qui lui avait échappé pendant ses études, mais il aurait été aujourd'hui maladroit de demander un cours de rattrapage. Il acquiesça donc à la demande de l'inspecteur des douanes Duparc.

- Selon Maître Meyer, poursuivit Maître Moritari, une défense sur le terrain du droit aurait été à coup sûr fatale pour le brevet français. Et ce fut là le coup de génie de Maître Meyer qui contourna la question du brevet pour axer sa stratégie sur le risque sanitaire et le principe de précaution. Il s'appuya précisément sur le différentiel de dosage pour invoquer l'extrême dangerosité de la molécule américaine, mal dosée selon ses explications. En l'écoutant plaider, j'avais l'impression que nous risquions en France de vivre un cataclysme sanitaire sans précédent, c'était bien l'expression employée par maître Meyer, si la molécule américaine était commercialisée sur le marché français. Il énuméra toutes les crises passées ces trente dernières années : de l'hormone de croissance à la grippe aviaire en passant par la vache folle et le sang contaminé. Il cita même Seveso et Bhopal. Dans le genre « plus c'est énorme et plus ça passe », je n'avais jamais rien entendu de tel. Je ne reconnaissais d'ailleurs pas Maître Meyer d'habitude plus enclin à la retenue. Eh bien croyez moi, si vous voulez, cela a marché. Le juge a certainement pris peur. Il prononça l'interdiction immédiate de la commercialisation du médicament américain sur le territoire français. Ce fut une belle victoire pour Maître Meyer. Mais il n'était pas satisfait.

- Pourquoi ? demanda Marc Belot, il est toujours sympathique de gagner un procès quand on sait avoir tort.

- Vous êtes encore jeune dans le métier lui répondit Maître Moritari, et ce n'est donc pas l'exemple à suivre. Ce n'est pas moi qui vous donne ce conseil, mais Maître Meyer lui-même désormais à titre posthume. A la sortie de l'audience, il me regarda droit dans les yeux et me dit : « *C'est la première fois de ma carrière que je construis un dossier sur un mensonge. L'excellente réputation de mon cabinet a joué en ma faveur. Ce sera la dernière fois, et je vous interdis de suivre cet exemple. Tout ce dont j'espère, c'est que l'adversaire fasse appel, car moralement je ne me sens pas bien du tout, j'ai réussi à faire déclarer mortellement dangereux un médicament aux vertus thérapeutiques certaines.*

- L'adversaire a-t-il fait appel ? demanda Marc Belot.

- Non, nous n'avons plus jamais entendu parler du brevet américain.

Maître Moritari avala sa salive et rajouta : jusqu'à aujourd'hui.

- Comment aujourd'hui ?

- Le médicament américain interdit s'appelait le Sangaï.

-Le Sangaï, mais c'est aussi le nom du produit homéopathique décrit dans les trois premières pages de l'assignation.

Maître Moritari regarda Marc Belot, il avait les yeux rouges.

- Marc, dit-il, tout n'est que montage. Tout le dossier Trimax c/ Biotechnic et autres est lui aussi monté de toute pièce.

- Je suppose donc que les trois dernières pages manquantes dans l'assignation ont un rapport avec cette affaire, intervint Alexis Duparc.

- Exactement, les trois dernières pages rappellent que le Sangaï est aussi le nom d'une molécule destinée à combattre le cancer et qui est protégée par un brevet américain. Or, à l'inverse de la plaidoirie d'hier, ces trois dernières pages sont un véritable encensement pour cette molécule. Ses bienfaits et ses vertus contre le cancer sont décrits de long en large.

- Ainsi, dit Alexis Duparc, le cabinet Meyer et Bayar se retrouve chargé de défendre un médicament interdit deux ans auparavant à la suite de l'excellente plaidoirie et du talent de maître Meyer lui-même.

- Exactement, drôle de retournement de situation, répondit Maître Moritari.

- Ce ne sera pas le premier cabinet d'avocats plaidant aujourd'hui l'inverse de ce qu'il plaidait hier, ajouta Marc Belot. Et puis, admettons, ce n'est qu'un sale vilain tour joué par le laboratoire américain qui n'a pas digéré sa défaite d'hier. Le cabinet Meyer et Bayar sera éventuellement ridiculisé devant le tribunal qui a rendu l'ancienne décision, mais ne suffit-il pas d'arrêter la procédure ? Et d'ailleurs ne dit-on pas que le ridicule ne tue pas.

- C'est exactement ce à quoi j'ai pensé, répondit maître Moritari, sauf que j'imagine mal le cabinet Blake et Fergusson et toute sa clique se contenter de ce petit jeu là pour se venger d'un procès perdu. Nous n'avons pas affaire à des collégiens organisant une bonne blague.

- Mais alors je ne vois pas le but de toute cette histoire, fit remarquer Marc Belot.

Maître Moritari semblait très inquiet.

- A quoi pensez-vous ? demanda Alexis Duparc.

- Si cela n'avait été qu'une simple blague, cette assignation ne serait pas sortie de notre cabinet. Or, cette assignation a bien été délivrée à cinq adversaires, et nous avons donc aujourd'hui cinq avocats contre nous.

- On a donc simplement cherché à ridiculiser le cabinet Meyer et Bayar auprès de ces cinq confrères.

- Non, je ne le pense pas car aucun d'entre eux n'avaient été concerné de près ou de loin par l'affaire plaidée deux ans plus tôt.

- Alors qu'est ce qui vous inquiète ?

Maître Moritari devint blême il se leva et se dirigea vers une armoire, il l'ouvrit en en sortit un classeur.

Il tendit un courrier

- Lorsque le cabinet Blake et Fergusson m'a mis ce dossier entre mes mains, il était joint cette lettre, lisez le Post-Scriptum : « *Surtout n'ouvrez pas personnellement la boîte de médicaments numérotée quatre dans la liste des pièces* ». Donc le danger est dans cette pièce numéro quatre, et elle circule dans les différents cabinets d'avocats chargés de cette affaire. Il faut les avertir sans tarder, ils sont en danger de mort.

- Expliquez-vous, insista Alexis Duparc.

- Dans un procès il existe des règles élémentaires de procédure, expliqua maître Moritari. On peut les appeler les règles de courtoisie. C'est le sacro-saint respect du contradictoire. Chaque partie au procès doit communiquer l'ensemble de ses pièces aux autres parties, avant que l'affaire ne soit présentée et plaidée devant un juge. On appelle cela l'échange des pièces. Ces pièces sont examinées par chaque partie puis, s'il s'agit d'originaux, retournées à son expéditeur, et donc à nous, dans le procès Trimax contre Biotechnic et autres. Or dans ce dossier les pièces sont des boites de médicaments et des flacons. La pièce numéro quatre est un flacon. Il y avait cinq exemplaires de chaque pièce et donc cinq flacons numérotés quatre dans la liste des pièces. Notre cabinet a donc adressé à chaque avocat adverse un exemplaire de ce flacon. Aucune de ces pièces ne nous a été retournée, il faut vite téléphoner aux différents avocats, et les prévenir de ne surtout pas ouvrir le flacon numéro quatre, son contenu est mortel, si ce n'est pas trop tard.

- Mais pourquoi s'en prendre aux autres cabinets ? demanda Alexis Duparc.

- C'est pour les éliminer. Le cabinet Blake et Fergusson, ou je ne sais qui au dessus, veut éliminer tous les avocats spécialisés dans la contrefaçon. Il utilise la procédure de la communication des pièces entre avocats, et ce sont des pièces mortelles qu'il communique.

- Quels sont ces cinq confrères ?

Maître Moritari consulta son dossier.

- Ce sont les cabinets : Bergman, Lethellier, Mérignac, Blize, et Boislevant.

- Le cabinet Blake et Fergusson a trouvé le chemin le plus rapide pour gagner ses procès en éliminant tous ses confrères, ajouta Marc Belot.

-J'appelle, dit Alexis Duparc.

Au moment où Alexis Duparc s'apprêtait à sortir son portable, il le sentit vibrer. Il prit la communication.

Au bout de quelques secondes il raccrocha, blême.

- Maître Meyer est mort après avoir inhalé une toxine appelée le : « bolu-carboxylique ». Ce serait un concentré de toxine botulique et de monoxyde de carbone. Mortelle par simple inhalation. Un des collaborateurs de Maître Bergmann est également victime.

Le portable d'Alexis Duparc se remit à vibrer. Il prit la communication.

- Les avocats spécialisés dans la contrefaçon ne sont pas les seuls à être en danger de mort, dit-il après avoir raccroché, mais toute la France. La toxine a passé la frontière et se trouve dans les pharmacies, nous déplorons déjà une vingtaine de décès.......

Chapitre 36

Brouiller les pistes. Mike Fergusson s'était tranquillement installé dans le Thalys, côté couloir. Il n'avait eu aucune difficulté à obtenir de faux papiers, au nom de Jordan Letton, citoyen anglais, directement adressés de Shanghaï par DHL.

Le train partait dans douze minutes pour Amsterdam via Bruxelles. À Amsterdam, direction Düsseldorf, également par le train. De Düsseldorf, il rejoindrait Francfort où il passerait une nuit dans un hôtel près de la gare. Le lendemain, direction Madrid toujours par le train. Il avait choisi ce moyen de transport, en raison de l'absence de liste de passagers. Chaque trajet avait été réservé dans une agence différente. Le plus problématique serait son départ en avion de Madrid pour l'Amérique du Sud, car son passeport devait passer l'épreuve du scanner de la douane, mais il ne doutait pas de la parfaite fiabilité de ce passeport fabriqué par des experts en Chine. À son cabinet, il avait demandé à sa secrétaire de lui réserver un billet pour Chicago où il devait, avait-il dit, participer à un congrès sur la contrefaçon. Naturellement sa participation à ce congrès avait été programmée depuis un bon mois, car ce congrès se tenait réellement dans l'un des principaux hôtels, où une chambre de luxe lui avait été réservée.

Il avait terminé sa mission et reçu le dernier million d'euros sur son compte en Suisse. Le quart avait été viré dans une banque au Bahamas, un autre quart dans une banque aux îles Caïman. Il devait maintenant se faire un autre visage, il irait pour cela dans une clinique de Rio de Janeiro, après avoir pris rendez-vous dans une autre, en Suisse à Vevey dans le canton de Vaud où on l'attendait pour un simple remodelage du menton.

Il regarda sa montre, il restait quatre minutes avant que le train ne démarre. Le Thalys était quasiment complet. Principalement des hommes d'affaires facilement reconnaissables à leur attaché case.

- J'ai la place à côté de vous, lui dit poliment une jeune femme, vêtue d'un tailleur style Chanel.

Il la dévisagea, lui rendit son sourire, se leva, la laissant s'installer.

Plus que trois minutes et le train devait s'élancer.

Il ferma les yeux. Il commençait à s'assoupir, rassuré par l'annonce de bienvenue de la SNCF à bord du Thalys et de son départ imminent.

Le train partait enfin. La nouvelle vie de Jordan Letton alias Mike Fergusson commençait.

Chapitre 37

L'homme s'appelait Jérôme Rivière. Il était confortablement allongé dans un des larges sièges de la classe première de la compagnie Cathay Pacific. Il avait beaucoup apprécié le dernier James Bond, « Casino Royale » projeté sur l'écran personnel de son siège. Il avait ingurgité pendant le film, trois bons verres de whisky. Les lumières de la cabine s'étaient rallumées. On allait servir le repas du soir. L'hôtesse avait été pour lui aux petits soins. Ils n'étaient que cinq passagers voyageant en première. Deux s'étaient installés sur le pont supérieur du 747. Lui, était resté en bas.

Il ouvrit sa sacoche et sortit son ordinateur. Il l'alluma et tapa son mot de passe. Le tableau Excel qui s'imprima le fit sourire. Trois cents mille euros venaient de créditer l'un de ses comptes à l'heure du décollage. Il consulta sa montre, et calcula mentalement qu'après cinq heures de vol, deux cent mille euros devaient encore s'ajouter.

Il était devenu riche, immensément riche. Tout cela, à cause d'un procès perdu ou plus exactement grâce à un procès perdu. Comme quoi, les voies du destin si, elles sont souvent impénétrables, sont parfois enrichissantes.

Il avait été pourtant désespéré dès l'appel téléphonique de son avocat, lui annonçant la mauvaise décision. Il avait tout perdu en l'espace d'une audience qui avait duré tout au plus une heure. Ruiné pour avoir consacré toutes ses économies au service de la recherche médicale. A l'époque, professeur d'Université, il n'avait pas pensé à l'argent, mais candidement au seul bienfait de l'humanité.

Il avait été séduit par l'aventure proposée par son frère jumeau. Une aventure médicale aussi incertaine que fantastique. Tu es juriste, je suis chercheur, nous allons mettre en commun nos connaissances, lui avait-il tout simplement énoncé.

Quelques sont les chances de succès..... ? Dans l'immédiat aucune...... Mais combien de temps, alors...... ? Je l'ignore, trois, cinq, dix ans, peut être jamais.... Le risque..... ? Enorme, c'est-à-dire on risque tout........ C'est encourageant............Peut être, mais si on réussit, notre nom sera gravé pour l'éternité dans les prochains dictionnaires.

Ces échanges résonnaient encore dans sa tête.

Son frère jumeau était pour lui non pas un simple chercheur, mais un véritable savant, comme on appelait justement les chercheurs d'autrefois. Il s'était donc associé à son projet de consacrer toute son énergie, ses économies et son temps à la mise au point d'un vaccin destiné à combattre définitivement le cancer. Son frère travaillait sur la molécule depuis déjà sept années. Il lui restait à trouver et tester le bon dosage. Mais pour cela, il devait s'exiler aux Etats-Unis pour finaliser les travaux. Seul ce pays pouvait donner le dernier coup de pouce à une entreprise financièrement hasardeuse. Il avait donc suivi son frère et ils s'étaient installés tous deux dans la banlieue de New York.

Son exil dura trois années, toutes ses économies avaient été englouties, et il ne lui restait que quelques dollars sur son compte en banque, quand le brevet s'avéra enfin prêt. Ils souhaitaient le déposer en France. Ce devait être un brevet français et non américain. Cependant, connaissant parfaitement les mécanismes juridiques, il prit soin de l'inscrire préalablement dans un office de brevet local, dans le but de prendre date et bénéficier ainsi, selon les accords internationaux de douze mois supplémentaires pour le déposer en France en toute tranquillité, sans risque de se le faire usurper.

Dix ans s'étaient donc écoulés depuis le début des recherches de son frère et la mise au point définitive de la molécule. S'ils n'avaient plus le sou, l'avenir était désormais radieux et prometteur.

Mais tout s'écroula en l'espace de trente secondes. « *Votre molécule a été jugée dangereuse, je le regrette, il faut faire appel* » lui avait dit son jeune avocat au téléphone. Il lui avait aussi relaté la plaidoirie de l'avocat adverse. Un avocat de renom spécialisé dans la contrefaçon, réputé pour son honnêteté intellectuelle et son intégrité. Le juge l'avait certainement, pour ces raisons, cru sur parole.

Tétanisé, effondré, il ne savait quoi répondre. Il ne répondit d'ailleurs rien. Il raccrocha simplement. Naturellement, il pouvait refuser cette décision ou tout au moins la combattre, mais il connaissait trop l'aléa d'une procédure judiciaire au demeurant longue et coûteuse. Ses économies avaient fondu. Il était endetté. Il se sentit également humilié. De plus l'interdiction judiciaire prononcée était exécutoire, il devait donc s'abstenir sur le champ de toute commercialisation et retirer sa molécule du marché. Il n'interjeta pas appel, mais inscrivit dans sa mémoire le nom de l'avocat adverse. Une chose s'était cassée en lui. Il n'était plus le même.

Le plus difficile avait été d'informer son frère. Il ne savait pas comment lui présenter cette défaite. Sa défaite, car c'était lui le juriste, et non son frère. Son frère avait pleinement rempli sa mission en mettant au point une nouvelle molécule au prix de dix années d'efforts. Et, lui le juriste, n'avait pas réussi à la protéger. Il se sentait seul responsable aux yeux de son frère. Son frère accusa simplement le coup. « *Ce n'est pas grave …* » avait-il simplement répondu. Mais il avait bien noté dans ses yeux comme un voile qui s'était déposé. Son regard n'était plus le même, il semblait éteint, déjà mort. Il avait aussi observé le mouvement de crispation de ses doigts sur le bras du fauteuil. « Ce n'est pas grave…. ». Ces mots l'avaient rassuré, même s'il n'imaginait pas une réaction aussi froide et distante. Il attendait cependant le contrecoup, car il savait son frère mentalement fragile. Le drame arriva plus vite que prévu. Le lendemain, son frère jumeau mit fin à ses jours, en se jetant par la fenêtre.

Il perdit la voix une semaine entière et resta enfermé et prostré dans sa chambre, se laissant glisser dans le confort sournois de la dépression.

Une nuit il vit son frère. Ce n'est pas grave, lui répétait-il. Il se leva pour l'embrasser, mais il avait disparu. Un matin, il se réveilla l'esprit et le corps envahi par la haine. Il avait le goût âpre du sang dans la bouche. Son désespoir avait fait place à un besoin physique de vengeance. Il se sentit enfin bien. Il n'avait qu'une obsession : faire regretter à l'avocat adverse sa plaidoirie d'hier.

Il mit trois années pour organiser une stratégie. Et les résultats s'avérèrent inespérés, car à la vengeance s'invita la fortune. Ce n'était pourtant pas son but, mais il analysa son incroyable réussite financière comme l'assentiment et l'encouragement d'une force supérieure. Son frère lui montrait le chemin, cela ne faisait aucun doute.

Il était ensuite revenu en France pour reprendre ses cours à l'Université, ruminant et dissimulant son désir de châtiment.

Il n'avait aucune idée de la manière dont il allait entreprendre sa croisade. Il n'avait pas l'étoffe d'un voyou ou d'un escroc, encore moins d'un assassin. Ses seuls méfaits avaient été des stationnements interdits. Et puis un matin vers 9h30, le destin lui donna un premier coup de pouce.

Il reçut un appel téléphonique de Chine, du ministère de l'industrie.

- *« Monsieur le Professeur,comme éminent spécialiste du droit de la copie, nous souhaiterions faire appel à vos services ».*

Le rendez-vous avait été pris pour le lendemain à Paris, à l'ambassade. Les autorités chinoises lui confièrent le soin de repenser totalement leur loi sur la copie.

- *« J'aurais besoin de m'imprégner des mentalités, afin de mieux les maîtriser et donc de les combattre ».*

Il fit de nombreux allers et retours Paris-Shanghaï. Rencontra un grand nombre d'industriels, consulta des spécialistes sur place. Il visita les usines. Pendant six mois, ce ne furent que des rencontres et prises de contact avec des officiels.

Un soir, à son hôtel, il reçut un appel menaçant, car sa présence, ses premières déclarations, commençaient à gêner.

Mais c'était enfin l'appel qu'il attendait. Son interlocuteur qui parlait parfaitement le français, le mis en garde contre toute ingérence se sa part dans l'industrie du faux. En réponse à cette menace il demanda simplement un rendez-vous.

Le lendemain, il se présenta dans un autre hôtel, où il fut accosté par trois hommes lui demandant de le suivre. Il monta dans leur voiture.

A la sortie de la ville, l'un des hommes lui demanda de placer un bandeau sur ses yeux, et de s'allonger sur la banquette arrière afin de ne plus être visible de l'extérieur. Curieusement, il ressentait, en dépit de l'inconfort de cette situation, force et sérénité. Son plan était en route, et il se savait surveillé et protégé par son frère qui lui souriait à travers son bandeau noir.

Le voyage dura plus de trois heures. On le sortit de la voiture. Il avait le sourire aux lèvres, ses sens n'étaient pas aux aguets, il se sentait très décontracté.

On l'installa sur une chaise, toujours les yeux bandés. La discussion avec sans doute l'un des principaux responsables de la mafia chinoise, ne dura que vingt minutes, pas plus.

- *« Je suis en charge par les autorités chinoises de donner les instruments légaux pour lutter contre la contrefaçon, c'est-à-dire contre vous. Je vais au contraire vous aider à décupler vos bénéfices. Vous profiterez de mon statut officiel et de mon intégrité reconnue au sein de la communauté juridique mondiale ».*

Ses paroles n'avaient pas fait mouche. Il n'entendit aucune réponse.

- *« Je mets ma vie en jeu, si je vous trahis ».*

Toujours le silence ! Est-ce cela le supplice chinois ? pensa-t-il.

- *« Je fais ça pour de l'argent, rien que pour de l'argent, c'est aussi simple que cela ».*

C'est à ce moment là qu'on lui retira son bandeau. Il avait oublié un instant, le pragmatisme des chinois.

Aucun papier ne fut signé, mais la parole donnée était pour lui suffisante.

Son retour se fit au grand jour, car le pacte avait été scellé.

A chaque article contrefaisant vendu dans le monde, il allait recevoir un et demi pourcent du prix de vente. Le nombre d'articles vendus, tout secteur confondu, se comptant en milliards, il était devenu en l'espace de ces vingt minutes, l'un des hommes les plus riches du monde.

De plus, il avait à sa disposition toute l'organisation de la mafia chinoise.

Ça, c'était pour la fortune, il ne lui restait plus qu'à accomplir sa vengeance.

Le destin lui donna le second coup de pouce très peu de temps après.

C'était également un appel téléphonique, mais celui-ci était d'origine beaucoup moins lointaine, il émanait de la direction des enquêtes douanières à Paris.

La demande était directe, une certaine Aline Ravanella se présenta.

- *« Monsieur le Professeur, nous désirons vous rencontrer dans les meilleurs délais à propos d'un nouveau fléau qui est à nos portes, la contrefaçon des médicaments. Vous êtes déjà en charge de la refonte de la législation chinoise. Les faux médicaments sont fabriqués pour l'essentiel en Chine. Nous souhaitons vous charger d'une mission officieuse. Il en va de la santé publique ».*

Il remercia cet appel comme on remercie le ciel et adressa un clin d'œil à son frère.

- *« Vous me laissez une semaine pour réfléchir »*, avait-il simplement répondu pour ne pas montrer son empressement, *« j'ai besoin de m'organiser ».*

- *Un semaine, pas plus, le danger est imminent, merci Monsieur le Professeur ».*

Il regarda la belle hôtesse pousser le chariot et lui présenter les apéritifs.

En prenant la carte qu'elle lui tendait, il se rappela ses dernières pensées avant de basculer définitivement dans sa nouvelle destinée. « *Ils ont jugé notre médicament mortel, je vais donc leur donner raison au centuple* ». Il ne s'était pas imaginé un seul instant que le centuple serait, et c'était un euphémisme, très largement dépassé. Il fallait un nom à son opération. Et pourquoi pas simplement « opération Sangaï », comme le nom de son médicament. Ils ont voulu la guerre, ils auront du Sangaï sur les mains, avait-il pensé.

Il s'esclaffa de son jeu de mots. L'hôtesse mit ce rire sur le compte de l'excès de whisky.

Chapitre 38

La femme assise à côté de Jordan Letton alias Mike Fergusson avait deux missions. La première était de s'assurer que son voisin prenait bien le Thalys. Elle venait de se terminer au démarrage du train. Sa deuxième mission était beaucoup plus complexe, elle devait vérifier son passeport. Si aucune possibilité ne s'offrait à elle, ce serait alors à un autre de s'en occuper, lors d'une prochaine étape, et ainsi de suite. Le passeport devait être absolument vérifié avant qu'il n'embarque de Madrid pour l'Amérique du Sud. Le voyage de la femme s'arrêtait à Bruxelles. Une autre personne la remplacerait, un homme cette fois.

L'homme à surveiller était absorbé dans la lecture de documents juridiques.

Elle ne voyait pas de possibilité à l'accomplissement de sa seconde mission sans engager la conversation et espérer qu'il se lève de son siège pour satisfaire un besoin naturel.

- Excusez moi d'être indiscrète, mais je vois que vous consultez des documents juridiques, je suis moi-même juriste.

- Je suis en effet avocat.

-Je n'ai pas eu cette chance, je travaille dans un département juridique d'une maison d'édition, nous avons souvent affaire aux avocats.

La discussion était totalement banale, mais elle permettait aux yeux des quelques autres passagers du wagon, de se faire passer pour des collègues de travail, au cas où elle se verrait surprise de regarder dans l'attaché case de son voisin.

Elle devait provoquer un rire, à tout le moins un sourire pour détendre l'atmosphère.

- Vous connaissez la définition de l'avocat ? lui demanda-t-elle,

- Il en existe tellement.
- J'espère qu'elle vous fera sourire.
- Je vous écoute
- Eh, bien, c'est quatre années de droit, et tout le reste de travers.

Mike Fergusson connaissait cette boutade. Il fit mine de la découvrir, pour ne pas vexer sa voisine.

- Elle est charmante cette définition, dit-il, et je peux même vous dire qu'elle n'est pas loin de la vérité.

La conversation se poursuivit, et la femme monopolisait la parole, elle parlait d'elle, de son travail de son patron, de l'ambiance du bureau. Ainsi, elle ne donnait pas l'impression de s'intéresser à lui.

- Vous allez à Amsterdam ? demanda t-il.

- Non je m'arrête à Bruxelles.

Mike Fergusson était déçu car la femme était à son goût, et la facilité avec laquelle elle avait engagé la conversation démontrait qu'une invitation à poursuivre le voyage à l'extérieur du train était chose facile.

Il regarda sa montre.

- Vous arrivez bientôt.

- Effectivement, vous permettez je dois me lever, je vais me donner un coup de peigne avant la réunion qui m'attend.

Elle se leva et se dirigea vers les toilettes.

D'instinct, Mike Fergusson regarda d'un œil discret les quelques documents laissés par la femme sur son siège. Ils émanaient effectivement d'une maison connue dans le secteur de l'édition.

Elle revint à sa place.

- Allez-y, dit-il en se levant. Je vais aussi me dégourdir les jambes.

Cela signifiait pudiquement, vis-à-vis de la femme, « je vais aux toilettes ».

Il se leva, laissa la femme s'asseoir et se dirigea à l'avant du wagon.

Elle le suivit du regard et s'assura qu'il pénétrait bien aux toilettes.

On l'avait informée des quelques habitudes de ce voisin, il mettait toujours ses documents officiels dans son attaché case, jamais dans sa veste. Cela devait donc faciliter le travail.

Elle ouvrit son attaché case, glissa sa main dans une des pochettes intérieures.

Il y avait bien son passeport. Elle n'avait pas à le sortir, mais simplement à le tâter.

Mike Fergusson revint à sa place à l'instant même où l'arrivée prochaine à Bruxelles, gare du Midi, était annoncée.

- Je vous souhaite un bon séjour à Bruxelles dit-il.

- Et moi une bonne continuation. Je connais Amsterdam, c'est une très belle ville.

Il n'y resterait pas longtemps, pensait-il en guise de réponse.

Il lui sourit et se rassit.

Quand elle sortit de la gare, elle adressa un Sms : « Passeport ok »

Un homme corpulent s'installa à côté de Mike Fergusson

La deuxième partie du voyage serait moins agréable.

Quant à l'homme corpulent, il lui restait désormais une seule mission à accomplir, celle de s'assurer simplement que son voisin poursuivrait son voyage et descendrait bien à Amsterdam, ce qui lui paraissait on ne peut plus évident, s'agissant de la destination finale sans arrêts intermédiaires, sauf à sauter du train en marche. Chose difficile dans un TGV.

À Amsterdam, une personne devait suivre Mike Fergusson jusqu'à Düsseldorf, et serait remplacée par une autre pour le trajet jusqu'à Frankfort, et enfin une dernière jusqu'à Madrid.

Chapitre 39

L'homme sourire aux lèvres tendit son passeport au contrôle des arrivées internationales de Roissy. Le voyage en première classe s'était, à son goût, terminé beaucoup trop tôt. On est choyé, chouchouté, jusqu'à la porte de l'avion, et une fois la tête dehors on devient le passager lambda.

On fait la queue à la douane comme tout le monde. Au prix du billet, il devrait prévoir un couloir réservé, pensait-il.

L'agent leva machinalement les yeux. La photo était ressemblante et le passeport passa l'épreuve du scanner. Il le lui rendit.

Il se dirigea vers la zone livraison des bagages. Il avait deux valises et un sac à récupérer.

Après quinze minutes d'attente, il récupéra enfin ses bagages. Il lui restait à passer la douane.

Poussant son chariot, il se dirigea vers la porte « Rien à déclarer ».

- Pouvez-vous me montrer votre billet et votre passeport demanda un douanier.

- Je l'ai montré il y a à peine quinze minutes.
Le douanier ne répondit pas, mais le regarda droit dans les yeux.
L'homme lui présenta son billet et son passeport.
- Vous n'avez rien à déclarer ?
- Non rien, si ce n'est quelques souvenirs.
- Je vous remercie d'ouvrir cette valise, dit le douanier en pointant celle au-dessus.

L'homme la souleva, la posa sur l'établi et l'ouvrit.

Le douanier tata les pulls, les chemises et les vestes. Il sortit un pull.
- C'est un vrai Ralph Lauren ?
- Au prix où le l'ai payé, il y a intérêt.
Le douanier reposa le pull sur le dessus de la valise.
- Si vous permettez, je vais le mettre sur mes épaules. Dans l'avion ils ont annoncé la température au sol : moins de dix degrés à Paris.
- C'est exact, au moins vous n'avez pas ouvert votre valise pour rien, allez-y, dit le douanier, avec cette fois un léger sourire.

Pull sur les épaules, l'homme ferma sa valise, la reposa sur le chariot et sortit de la zone sous douane. Il était enfin de retour à Paris après trois mois d'absence.

Il vit le jeune homme. Il n'avait pas changé.

- Bonjour Marc.

- De nouveau sur le sol français, Monsieur le Professeur.

Marc Belot se souvenait encore de l'incroyable information donnée par Aline Ravanella.

- *Le Professeur Le Dantec, en réalité, n'est pas mort,* lui avait-elle annoncé. *Mais sa vie, selon ses informations, commençait à être en danger. Nous avons dû rapidement organiser son décès, un décès par empoisonnement. Il est bon comédien, votre professeur. Il s'est totalement joué de toute l'assistance quand il a improvisé son malaise. Après, ce fut le travail des chirurgiens esthétiques. Il a désormais un nouveau visage et un nouveau nom : Jérôme Rivière.* Elle lui tendit sa photo.

Les chirurgiens avaient fait du bon boulot. Le visage du professeur Le Dantec était à peine reconnaissable.

Marc Belot avait gardé la photo du professeur pendant plusieurs semaines afin de s'en familiariser.

Il ressentit tout de même un léger choc quand il le vit sortir de la zone sous douane.

Mais sa voix n'avait pas changé.

Effectivement, dehors il faisait froid. Ils s'installèrent dans la voiture. Marc voulut prendre le volant.

- Si tu permets, cela fait trois mois que je n'ai pas conduit.

- Mais je vous en prie.

- Alors quelles sont les nouvelles en France ?

- Les nouvelles sont mauvaises, nous vous attendions avec impatience, vous avez l'antidote ?

- Il est dans ma mallette.

- Comment va Juliette ?

- Elle s'en remet.

Le Professeur Le Dantec, aujourd'hui Rivière, hésitait encore à se dévoiler à Marc Belot. Il avait choisi cet étudiant en lisant son dossier universitaire. Orphelin et boursier, donc sans famille et surtout sans le sou. Il s'attacherait ainsi facilement ses services. Un jour il lui dirait la vérité, mais il serait lui aussi riche et l'argent atténue souvent les mauvaises consciences. En tout cas, Marc Belot le pensait toujours au service de l'administration française, c'est ce qui importait. Il était encore trop jeune pour perdre ses illusions.

Il s'était joué ainsi de tout le monde. Des officiels chinois, de la mafia chinoise et des autorités douanières françaises. Chacun croyait le Professeur à son service, or il n'était au service que de lui-même. Distribuant, par-ci, par-là, des informations parcellaires et trompeuses, il gagnait sur tous les tableaux. À la mafia, il transmettait les informations leur permettant de poursuivre en toute impunité leur industrie illicite. À l'administration des douanes, il communiquait des informations provoquant la saisine de quelques colis et l'arrestation du menu frottin, tout en les éloignant de la Chine. « *C'est aux Etats-Unis que tout se trame* » avait-il dit à Aline Ravanella. Pour les autorités officielles chinoises, il peaufinait une nouvelle réglementation qui ne verrait jamais le jour. Un soir, on lui présenta un autre chef de la mafia, chef d'un réseau spécialisé dans la contrefaçon de pièces détachées de voitures et d'avions. « *Dans peu de temps, vous aurez une catastrophe aérienne* », lui avait dit ce chef. On lui avait fourni tous les détails, le jour et le numéro du vol. Il regretta de ne pas avoir dévoilé l'information à la police française quand il apprit le crash du vol AF164 Paris Bangkok. Mais son silence lui valut la vie sauve, au prix, certes, de cent-quatre-vingt-onze sacrifiés, car c'était un test organisé par la mafia chinoise pour vérifier si le Professeur français, comme on le surnommait en Chine, était bien dans leur camp. Et puis on lui révéla que l'explosion du Concorde était due à la mauvaise résistance d'une des parois du réservoir, c'était une copie, mais personne n'osait l'avouer.

Tout cela ne pouvait pas durer, il le savait. Il informa la direction des douanes d'une menace imminente sur sa vie. On organisa son décès, sa transformation physique et son rapatriement.

Il avait bien assouvi sa vengeance et décidé d'arrêter son organisation criminelle. L'avocat responsable de la mort de son frère avait eu ce qu'il méritait. Il faut savoir un jour arrêter la guerre. Un laboratoire chinois lui avait concocté l'antidote, et il était venu l'apporter en France. Un laboratoire français devait la reproduire par l'analyse du contenu du flacon dissimulé dans sa mallette. C'est ensuite qu'il apprit que la mafia chinoise avait fabriqué ses faux médicaments destinés au seul cabinet Meyer et Bayar en quantités astronomiques pour inonder le marché européen. Il les avait avertis de l'extrême dangerosité du produit, mais c'était trop tard, la machine ne pouvait plus être arrêtée. Il ne contrôlait donc plus la situation et se voyait à l'origine d'un désastre sanitaire. Il se réconfortait en pensant à l'antidote ramené de Chine. Aux yeux de la France, il passerait comme le sauveur.

Il lui restait encore à procéder à une deuxième transformation, pour cette fois disparaître aux yeux de l'administration des douanes, et profiter sous une identité connue de lui seul, de son immense fortune.

En attendant de tout dévoiler à son jeune étudiant, pour lequel il éprouvait une certaine sympathie, il devait le mettre à l'abri.

-Tiens, prends cela, lui dit-il en lui tendant une gélule sortie de la poche intérieure de sa veste.

- Qu'est ce que c'est ?

- Un échantillon de l'antidote.

- C'est pas un faux, j'espère ?

- Tu verras bien, répondit le Professeur. Rappelle-toi mon cours : le vrai a besoin du faux pour exister.

- Oui, je m'en souviens encore.

Marc Belot lui récita une partie de son premier cours :

- *« Vous avez choisi le droit de la contrefaçon vous allez découvrir la véritable nature de l'homme…. »*

- *« Un pied dans la vérité, un autre dans le mensonge…. »*, continua le Professeur.

- *« Ne cherchez pas le bon pied, l'un a besoin de l'autre, sans la copie, la création perd sa raison d'être »*, poursuivit Marc Belot.

- Bravo !

- Oui, mais là, il s'agit de ma santé.

- Tu me fais confiance, ou non, c'est une décision qui relève de toi seul.

Marc Belot prit la gélule entre ses doigts, la porta à sa bouche et l'avala.

- Ouvre ma mallette, j'ai un cadeau pour toi.

- Marc pivota sur le côté et se saisit de la mallette déposée sur le siège arrière.

Il ouvrit la mallette et découvrit un flacon contenant des gélules.

- Regarde, c'est dans la poche intérieure.

Marc Belot en sortit un petit paquet, referma la mallette qui contenait les précieux antidotes, et la redéposa sur le siège arrière.

- C'est ton cadeau. Tu l'offriras à la personne qui t'est le plus cher.

- Je l'offrirais à Juliette.

- C'est une ancienne médaille chinoise, une sorte de talisman, qui parait-il protège et porte bonheur, elle est montée en pendentif. Sur cette médaille, il est relatée, ne cherche pas à comprendre, car c'est du chinois, une très ancienne légende, l'histoire d'un jeune paysan, seul survivant d'une épidémie foudroyante, à l'image de la peste de l'an mil. On raconte que ce jeune paysan a été presque élevé au rang de divinité. En Europe il aurait été jugé comme le diable et brûlé vif.

- Les chinois étaient déjà beaucoup plus éclairés.

- Je ne te le fais pas dire, offre donc cette médaille à ton amie Juliette.

Marc Belot mourrait d'envie d'attacher ce porte bonheur au tour du cou de Juliette.

- Merci Professeur, pour ce cadeau.

Ils roulèrent ensuite plusieurs kilomètres sans se parler.

- Mike Fergusson s'est échappé, annonça enfin Marc Belot.

Le Professeur rigola. Il avait aussi réussi à manipuler Mike Fergusson.

- Mike Fergusson, je voudrais bien voir sa tête quand il passera la douane à Madrid. Le passeport qu'on lui a confectionné mérite d'ailleurs d'être breveté.

Marc Belot sourit.

Le Professeur sortit son portable, et composa un numéro.

- J'appelle Aline Ravanella, pour la prévenir de mon arrivée. Alors la contrefaçon, ça te plait toujours ?

- Je déteste cette matière, répondit Marc Belot sur le ton de la plaisanterie.
- Tu n'as donc pas eu un bon professeur ?

- Ce fut le meilleur de tous.

Le Professeur tourna la tête et lui adressa un clin d'oeil.

- Vous avez oublié d'attacher votre ceinture, Monsieur le Professeur.

Le Professeur avait aussi oublié deux autres choses en plus de sa ceinture: conduire en téléphonant était potentiellement dangereux, et l'arrivée sur Paris était toujours bouchée.

- Attention ! cria Marc.

Le Professeur vit l'arrière d'un trente-cinq tonnes à quelques dizaines de mètres devant lui.

Il freina de toutes ses forces. La voiture s'arrêta à quelques centimètres de l'arrière du camion.

- C'était juste, dit simplement le Professeur dont le coeur se mit à cogner à toute vitesse.

Seulement derrière, un autre automobiliste n'eut pas le même réflexe.

Le choc fut cette fois brutal. Le Professeur, sans ceinture de sécurité, fut projeté à travers le pare-brise, sa tête se fracassa sur la porte arrière du camion. Il mourut sur le coup. Marc Belot avait été sauvé par sa ceinture. Il était cependant complètement sonné, ressentant une terrible douleur aux cervicales et en bas des reins. A demi inconscient, il entendait vaguement des appels et des cris.

La voiture va exploser ! Vite, il faut sortir le passager !

Marc se sentit dégagé de force du véhicule.

Il eut un léger sursaut et réussit à réunir ce qui lui restait de force.

- Sauvez la mallette, tenta-t-il de dire.

Mais ses paroles étaient inaudibles pour les sauveteurs qui avaient autre chose à penser qu'à se préoccuper d'un objet matériel aussi insignifiant au regard d'une vie humaine.

- Sauvez la mallette, l'antidote.... réussit-il à prononcer avant de sombrer cette fois dans l'inconscience.

- Il entendit du fond de son coma, comme une très forte explosion.

Chapitre 40

« Les urgences ne désemplissaient plus. Les pompiers et le Samu étaient en état d'alerte permanent. Des morts inhabituelles avaient éveillé très vite les soupçons. Des personnes d'apparence en bonne santé mouraient subitement dans des souffrances parfois horribles.

La panique générale avait atteint les grandes villes. Tout cela en raison d'une information à propos de décès inexpliqués à la suite d'absorption de médicaments frelatés. L'information parlait de médicaments frelatés et non contrefaits, ce qui était beaucoup plus parlant. Mais cette information devait être gardée secrète. On ignore encore l'origine de la fuite.

Au ministère de la santé la réunion de crise avait duré moins d'une heure. La solution adoptée avait été pourtant radicale : Stopper la distribution de tous les médicaments livrés dans les pharmacies depuis trois jours. Ignorant la nature exacte des médicaments contrefaits, l'autorité de tutelle avait tranché dans le vif. Le ministre lui-même visiblement préoccupé et voulant éviter un nouveau scandale sanitaire, repensant sans doute à celui du sang contaminé, avait déclaré au début de la réunion : « …on ne fait aucun tri, on les écarte tous. Les stocks seront vite reconstitués quand tout risque sera éliminé…. ».

Malheureusement, le ministre de la santé avait mal calculé. La marge de trois jours était beaucoup trop courte. Les médicaments frelatés étaient déjà livrés depuis une bonne semaine.

On ignore encore le nombre de morts. Mais, d'après les informations, la mortalité due à la prise de médicaments frelatés serait en voie d'être endiguée. L'absorption de médicaments n'était pas l'unique cause des décès, mais paradoxalement le refus de se soigner. Plus personne n'osait ingurgiter la moindre pilule. Et cette catastrophe touchait non seulement la France, mais le monde entier. La faute à l'internalisation des marchés, disait-on. La mafia chinoise s'était aussi jouée de son côté de l'Organisation Mondiale de la Santé, en proposant un nouvel antidote. Mais il était totalement inefficace, c'était une vulgaire copie sans aucun effet.

Les pharmacies fermaient les unes à la suite des autres. Le moindre rhume était mortel. Quant à la grippe !

On mobilisa les laboratoires du monde entier. Mais ceux-ci n'étaient pas suffisamment armés pour faire face à une telle demande. Mais surtout la guerre annoncée par le Professeur Le Dantec entre les grands trusts pharmaceutiques américains et français était ouvertement déclenchée. Et tous les coups étaient permis. Chaque camp voulait profiter de la crise, en injectant sur le marché des copies de médicaments concurrents dont la dangerosité augmentait chaque semaine. Cette guerre détourna le consommateur vers le marché noir des médicaments vendus sur Internet. Mais ce marché s'effondra en quelques semaines quand les copies inondèrent de nouveau ce marché. Personne ne savait plus départager les vrais médicaments, des contrefaçons.

Selon les historiens, il a fallu une trentaine d'années pour que le corps humain fabrique lui-même les anticorps et fasse disparaître toute trace de l'épidémie.

Quel horrible cauchemar ! Mais vous m'entendez, ou quoi ? Réveillez-moi, vite, je vous en supplie. Réveillez-moi avant que ne déferle la catastrophe.. Dites-moi, c'est sûr c'est un cauchemar ? Répondez, bon sang ! Il faut arrêter cette propagation. Réveillez-moi, je sais comment éviter tout cela, j'ai la solution, le professeur me l'a donnée. Il faut que je sauve Juliette et l'humanité toute entière par la même occasion.

Le médecin du SAMU contrôlait le pouls de Marc Belot.

- Il s'agite ! Calmez-vous monsieur, vous êtes en de bonnes mains, nous arrivons bientôt.

L'ambulance du SAMU pénétra dans la cour de l'hôpital.

Chapitre 41

- Que se passa por favor? Mi avión despega en cuarenta y cinco minutos (1).

- Un problema técnico con ordenador, no le inquiete Señor, usted tendrá su avión (2), répondit l'agent des douanes madrilène qui avait discrètement demandé l'intervention de la Guardia Civil.

Les signes d'impatience et d'énervement commencèrent à faire leur apparition. Mike Fergusson porta ses doigts à sa bouche pour se ronger les ongles, un signe qui ne trompe pas.

Déjà la queue s'accumula derrière lui, il se sentait presque gêné, imaginant tous les regards fixés sur lui.

Une main se posa sur son épaule.

-Si vous voulez bien nous suivre demanda dans un anglais presque parfait, une personne présentant une carte officielle et qui était accompagnée de deux policiers en uniforme.

Déjà tous les regards se dirigeaient vers cette scène peu habituelle.

Mike Fergusson sentit son cœur s'accélérer. Quelque chose se serait-il grippé dans la préparation de son évasion vers l'Amérique du Sud ?

Les policiers emmenèrent Mike Fergusson dans un bureau et le laissèrent seul pendant environ cinq bonnes minutes.

Allez contrôle toi, pensa-t-il, tu es citoyen européen, tu ne risques pas grand-chose, ici.

Trois policiers pénétrèrent dans le bureau.

- Monsieur Jordan Letton, dit l'un d'eux, nous avons un sérieux problème avec votre passeport.

- Qu'a-t-il ce passeport ? répondit Mike Fergusson qui comprit aussitôt qu'une faille s'était glissée dans sa fabrication.

- Quand on le passe au scanner, s'inscrit sur l'écran : « *Arrêtez moi, je suis un escroc et un assassin dangereux à la solde d'une organisation mafieuse spécialisée dans la contrefaçon de médicaments* ». Vous comprenez que l'on a besoin d'explications.

1 Que se passe-t-il s'il vous plait, mon avion décolle dans quarante cinq minutes.
2 Un problème technique avec l'ordinateur, ne vous inquiétez pas monsieur vous aurez votre avion.

Mike Fergusson ne répondit pas, il comprit que l'on s'était joué de lui, et aussi que sa vie se terminerait derrière les barreaux.

Chapitre 42

Aline Ravanella et Alexis Duparc étaient au chevet de Marc Belot, entourés d'une équipe de médecins. Elle tenait la main de Marc Belot

- Dans combien de temps reprendra-t-il conscience ? demanda-t-elle

- C'est une question à laquelle nous sommes incapables de répondre, une heure, trois jours, un mois, plusieurs années, répondit l'un des médecins.

- Est-ce qu'il nous entend ?

- C'est difficile à dire, mais selon moi, il est en mesure de comprendre des mots simples.

- Peut-il communiquer ?

- Tout au plus par des mouvements de paupières, ou de lèvres, mais ce n'est pas sûr.

Aline Ravanella posa sa main sur le front de Marc Belot.

- Monsieur Belot, je suis Aline Ravanella, vous avez été victime d'un accident de voiture. Vous étiez avec le professeur le Dantec. Est-ce que vous m'entendez ?

Le visage de Marc Belot restait sans réaction.

- Si vous m'entendez, je vous en supplie, faites moi un signe.

Aline Ravanella scrutait chaque centimètre du visage de Marc Belot dans l'espoir de voir un léger mouvement, mais son visage restait inerte, seule une légère respiration montrait que Marc Belot était encore de ce monde.

- Nous devons le réveiller coûte que coûte, il a peut être des informations obtenues du Professeur Le Dantec. Dans vingt-quatre heures, il sera trop tard. Nous n'avons aucun antidote et le ministère de la santé a décidé de propager la nouvelle. Ce sera la panique généralisée sur l'ensemble du territoire.

Un des médecins posa sa main sur l'épaule d'Aline Ravanella.

- C'est inutile d'insister dit-il à Aline Ravanella. On ne peut le réveiller, c'est trop dangereux.

- Il en va de la santé publique. On ignore dans quel laboratoire le Professeur le Dantec s'est procuré l'antidote. Et des laboratoires en Chine, se comptent par millions, sans parler des laboratoires clandestins. Peut être a-t-il donné cette information à Marc Belot.

Il a bougé une paupière, dit soudainement Alexis Duparc, il cherche à communiquer.

- Marc, si vous m'entendez, faite moi simplement un signe.

Marc répondit par un très léger mouvement de son index droit.

- Il cherche à parler.

Aline Ravanella reprit la main de Marc Belot.

- Marc, nous avons besoin de vous. Vous êtes notre seule chance d'endiguer la propagation du mal. Je vais essayer de poser des question simples, vous répondrez par oui ou par non. « Oui » : vous faites une pression, « Non » : vous en faites deux. Avez-vous compris ?

Aline Ravanella attendit le cœur serré, la pression du doigt sur sa main, pour démarrer le jeu de questions.

- Marc, avez-vous compris ? m'entendez- vous ? Une pression de votre doigt, je vous en supplie, Marc, rien qu'une pression.

Les secondes paraissaient une éternité.

- Dans son état, l'information demande plus de temps pour remonter au cerveau. dit l'un des médecins.

- Il a compris, cria Aline Ravanella, comme soulagée, j'ai senti son doigt sur ma main.

- Marc, Le Professeur Le Dantec vous a-t-il parlé de l'antidote ?

Au bout de trois secondes, Aline sentit une pression sur sa main.

- Il détient une information.

- Marc, pouvez nous mettre sur la voie, nous aider ?

- Il ne faut pas trop le fatiguer, vous devez espacer plus les questions, intervint un médecin.

Aline Ravanella ne répondit pas, elle sentit une nouvelle pression.

- Il me parle, dit-elle, j'ai senti une pression. Il peut nous aider.

Aline Ravanella se concentra, elle cherchait des questions simples pour obtenir une réponse par « oui » ou par « non ».

Elle sentit plusieurs pressions, elle les compta mentalement.

- J'ai senti huit pressions, qu'est ce que cela veut dire ? Il s'affole !

- Il m'en renvoie deux autres !

- Il vous a répondu qu'il ne s'affole pas, intervint Alexis Duparc, deux pressions voulant dire « non ».

- Ces huit pressions ont-elles une signification, Marc ?

Aline Ravanella attendit la réponse de Marc Belot

Marc Belot pressa son doigt sur la main d'Aline Ravanella.

- Il me répond « oui ». Que peut vous inspirer le nombre huit ? demanda Aline Ravanella à ceux qui l'entouraient.

- Dans l'immédiat rien, répondit Alexis Duparc, ce peut être un mot de huit lettres, cela risque d'être long à trouver, on ne peut les énumérer tous un par un. « Antidote » a huit lettres, c'est peut être ce mot.

- C'est le mot antidote ? demanda Aline Ravanella à Marc Belot.

Après plusieurs secondes, elle sentit, une pression, suivie d'une deuxième.

- Non, ce n'est pas le mot antidote! C'est quoi dit-elle, oubliant que la réponse ne pouvait être formulée par Marc Belot.

Elle sentit deux pressions sur sa main.

- Il me répond encore une fois « non ».

- Il vous répond « non » ? Intervint Alexis Duparc. Cela fait deux fois non, il insiste.

- Marc, je précise ma question, le nombre huit signifie-t-il un mot ?

Elle sentit deux pressions sur sa main.

- Deux pressions, ce n'est pas un mot.

Elle ressentit deux pressions

- Il me renvoie deux pressions. J'ai compris Marc, ce n'est pas un mot.

Elle ressentit encore deux nouvelles pressions.

- Marc, j'ai compris.

Aline Ravanella sentit une nouvelle fois le doigt de Marc appuyer plusieurs fois sa main, elle compta.

- J'ai ressenti encore huit pressions. Attendez, Il m'en adresse deux nouvelles, je vous en supplie, dit-elle à l'assemblée, réfléchissez, trouvez moi une réponse.

- Ce doit être une réponse très simple, lança Alexis Duparc, réfléchissons !

- il vient de me faire une pression, vous avez raison Alexis, c'est une réponse très simple.

- Il a peut être répondu « oui » pour que nous réfléchissions.

- Donc qu'avons-nous ? Un mot composé de huit lettres, mais ce n'est pas un mot, suivi de deux pressions qui signifie : « non »

Il régnait dans la chambre un silence total mais une activité cérébrale intense. Certains fermaient les yeux, d'autres avaient le regard en l'air.

- j'ai trouvé s'esclaffa Alexis Duparc, ce n'est pas un mot, mais un Nom, N.O.M. S'il presse deux fois son doigt c'est pour vous dire le mot : Nom, qui se prononce comme « non ».

Aline Ravanella sentit une pression sur sa main, cela confirmait la thèse d'Alexis Duparc.

- Merci Alexis, il me répond « oui », c'est un nom et donc un nom composé de huit lettres. Qu'avons nous comme nom de huit lettres.

- Eh bien Moritari ! répondit Alexis Duparc.

Aline Ravanella compta mentalement le nombre de lettres composant le nom Moritari, mais elle sentit deux pressions sur sa main.

- Ce n'est pas Moritari, il faut chercher quelqu'un d'autre.

Huit nouvelles pressions appuyèrent sa main, suivie de huit nouvelles autres.

- j'ai compris Marc, c'est un nom de huit lettres.

- C'est un homme ou une femme ? demanda Aline Ravanella. Un homme, égale une pression, une femme deux pressions, Marc.

Au bout de trois secondes, elle sentit deux pressions sur sa main.

- C'est une femme dit-elle, elle compta mentalement le nombre de lettres de son nom qui en avait neuf, et ce n'est pas moi, rajouta-t- elle.

- Eh bien, il pourrait s'agir de Juliette, Juliette Kamensky, si je compte bien, son prénom et son nom comportent chacun huit lettres, dit Alexis Duparc en s'aidant des doigts de sa main.

Marc Belot appuya une fois son doigt sur la main d'Aline Ravanella.

- Il s'agit bien de Juliette Kamensky, mais que peut-elle nous apporter ? Marc, ce n'est pas le moment de jouer les amoureux, je comprends votre envie d'avoir votre amie à vos côtés, mais le temps presse, nous avons des priorités !

Aline Ravanella sentit le doigt de Marc Belot presser sa main, mais cette fois d'une pression continue.

- J'ai compris Marc, nous faisons venir votre amie.

Marc Belot relâcha la pression de son doigt.

Chapitre 43

Juliette était dans un autre hôpital. Elle était éveillée quand les médecins entrèrent dans sa chambre. On lui expliqua la situation pendant son transport en hélicoptère.

En moins de quinze minutes, elle était dans la chambre de Marc Belot.

- Il doit sacrément vous aimer, lui dit Aline Ravanella. Nous sommes à l'aube d'une catastrophe sanitaire nationale et il vous réclame.

Juliette regarda Marc en lui souriant.

- Alors, Marc, les rôles sont inversés, c'est maintenant toi qui est dans le coma et moi à ton chevet. Tu penses que l'on se parlera un jour ailleurs que dans une chambre d'hôpital ?

Elle s'adressa à Aline Ravanella.

- Que puis-je faire pour l'enquête ?

- On l'ignore, votre ami détient une information obtenue du Professeur Le Dantec, mort dans l'accident de voiture. Cette information est peut être importante, éventuellement vitale, et peut être souhaite-t-il uniquement vous la communiquer ? Mais comment, je l'ignore aussi ? Dans vingt quatre heures ce sera trop tard.

- Mais je n'ai aucun moyen de le faire parler, je ne suis pas médecin.

- La médecine ne nous est maintenant d'aucune utilité. Il communique par des pressions avec son doigt. Vous connaissez Marc Belot mieux que quiconque. Vous êtes notre seul espoir.

- C'est énorme ce que vous me demandez.

- Je sais.

Elle s'assit sur le bord du lit, posa sa main sur celle de Marc Belot et approcha ses lèvres de l'oreille de son ami.

- Je t'aime, lui susurra-t-elle. Tu m'aimes aussi ?

- J'ai senti une pression de son doigt, dit-elle

- C'était une seule pression, vous confirmez demanda Alexis Duparc ?

- Une seule.

- C'est qu'il a répondu « Oui » à votre question.

Juliette sourit

- Merci, Marc dit-elle, puis elle posa délicatement ses lèvres sur les siennes.

Un frisson la traversa. Quelque chose d'étrange venait de se passer.

La bouche de Marc s'entrouvrit légèrement. Elle pouvait maintenant sentir le contact de sa langue. C'était un contact comme nul autre pareil, ce n'était pas évidemment son premier baiser, mais celui-ci, dans un endroit qui ne s'y prêtait pas, semblait lui renvoyer plus qu'un message d'amour. Elle ne pouvait désormais plus détacher ses lèvres de celles de Marc. Sa tête se mit à tourner, elle était comme prisonnière d'une ivresse des profondeurs, ressentant une irrésistible envie de se laisser porter. Son esprit s'éveilla à des sensations encore inconnues.

Les médecins souriaient devant un tableau si peu habituel en ce lieu.

En revanche, Aline Ravanella et Alexis Duparc voyaient le temps précieux s'écouler.

Un silence de plomb régnait dans la chambre, tout le monde avait le regard fixé sur ce couple, un regard à la fois gêné, curieux mais aussi anxieux. Le silence fut coupé par Alexis Duparc.

- Cela fait bien cinq bonnes minutes qu'ils s'embrassent, dit-il.

Aline Ravanella lui fit chut avec son doigt, mais ne put s'empêcher d'ajouter :

- ils s'aiment, voilà tout, cela ne fait aucun doute, mais le temps presse.

- Non seulement, ils s'aiment, mais ils communiquent répondit un des médecins, je pense que vous aurez bientôt votre information, car il est entrain de la lui transmettre.

Juliette détacha doucement ses lèvres de celles de Marc Belot, elle avait les yeux mi-clos et semblait sortir d'un profond sommeil. Elle se releva doucement, sa tête tournait encore. Elle ouvrit les yeux.

- Dans sa veste vous trouverez une médaille.

Sur le visage de Marc se dessina un imperceptible sourire.

Chapitre 44

- Tu nous as encore fait un malaise vagual, dit la femme de Maître Meyerson.

Max Meyerson avait été transporté en ambulance escorté par le policier en moto, puis ramené chez lui. Les examens n'avaient rien révélé d'anormal.

Il était habitué à ce genre de malaise. Une grosse contrariété, un choc, une angoisse passagère, se terminaient par un évanouissement.

- Oui, je sais répondit-il, mais cela ne m'était plus arrivé depuis longtemps.

Le téléphone sonna.

- Je prends lui dit son épouse

- Allo !.... oui, il est là, mais il faut le ménager, il vient de faire un léger malaise.

Max Meyerson se sentit gêné d'entendre sa femme faire l'étalage de ses problèmes de santé à un interlocuteur certainement inconnu.

Il fit la grimace.

- C'est la police dit-elle.

Il fit de nouveau la grimace et prit le combiné.

- Vous m'attendez à mon cabinet, j'arrive. ....Vous allez forcer la porte ! Je comprends, vous devez retrouver une pièce d'un dossier. C'est un flacon qui porterait le numéro quatre dans un dossier Trimax contre Biotechnic. Comment ! Mon collaborateur serait mort pour avoir inhalé son contenu. Mais je pensais qu'il s'agissait d'une simple contrefaçon de boite d'emballage..... Remarquez, cela ne m'étonne pas de lui, un véritable fouineur, rien ne lui échappait, cette fois sa qualité lui a été mortelle.......Je me sens un peu responsable à force de leur dire de s'imprégner des pièces d'un dossier. Bon j'arrive, à tout de suite.

Il raccrocha.

- Tu ne vas tout de même pas retourner au bureau

- Je n'ai pas le choix, il y aurait dans mon cabinet une pièce mortelle, et la police m'attend.

- Et moi qui pensais que le métier d'avocat était un métier sans danger, répondit sa femme.

Chapitre 45

- Il se moque de nous ou quoi ? Tout ce temps perdu pour donner un cadeau à sa fiancée.

Aline Ravanella serrait la médaille entre ses mains avec l'envie de la jeter à terre. Pour elle, Marc Belot leur avait fait perdre un temps précieux tout en les obligeant à assister à un spectacle grotesque en de telles circonstances.

- Que vous a-t-il dit pendant ce long baiser ? demanda –t-elle, tout en faisant tourner la médaille entre ses doigts.

- C'est très confus, il me renvoyait des images.

- Quelle genre d'images ?

Juliette ferma les yeux.

- Un homme sur un bûcher, puis acclamé par la foule. Des personnes à terre qui se relevaient les uns après les autres. Des mots aussi, comme « bonheur ».

- C'est certainement une allégorie dit l'un des médecins.

- Le temps presse ! Ne me dites pas que cette allégorie a un rapport avec l'enquête, répondit Aline Ravanella.

- Réfléchissons, dit Alexis Duparc, cela vaut la peine.

- Oui, mais très vite. Alors qu'avons-nous ? Un homme sur un bûcher, c'est un homme qui est condamné. Mais pourquoi la foule l'acclame ? Elle acclame quoi, d'abord ? Le sacrifié ou sa mise à mort. Et les hommes qui se relèvent étaient-ils morts ou simplement agenouillés. Cela ne nous mène nulle part.

S'adressant directement à Juliette :

- Si au moins il vous avait donné la clé de l'énigme ?

- Je ne me rappelle que de ces images.

Elle semblait désolée.

- Attendez, il y a une autre énigme, ajouta-t'elle aussitôt.

- Laquelle ?

Aline Ravanella reprenait espoir.

- En réalité ce n'est pas une énigme, c'est une question que je me pose. Il ne m'a jamais parlé de la médaille. Je ne me souviens pas avoir entendu ce mot et pourtant c'est instinctivement que je vous ai indiquée sa présence dans la poche de sa veste.

- Après le sacrifice, la liesse, après la mort, la vie, tout fini dans le bonheur, voilà ce que je vois dans cette allégorie, précisa Alexis Duparc.

- C'est ça bonheur, j'entendais le mot bonheur.

Au bout de cinq longues secondes de silence, Aline Ravanella intervint :

- Mais, il vous l'a donnée la solution.

- Comment cela ?

- Alexis a raison, la liesse après le sacrifice, c'est la vie après la mort, et tout fini dans le bonheur. Marc vous a parlé de bonheur, c'est vous son bonheur, son porte bonheur, et vous avez instinctivement pensé à la médaille, une médaille c'est aussi un porte-bonheur. La solution est en vous ou plus exactement dans la médaille, j'en suis sûre.

- Vous croyez qu'un simple médaille porte-bonheur pourra sauver l'humanité ? demanda Alexis Duparc, sarcastique.

Aline Ravanella sentit son portable vibrer, elle prit la communication.

Son visage marqua l'anxiété.

- Dans moins d'une demi-heure, le Ministère de la santé adressera une dépêche à toutes les agences de presse.

Elle raccrocha .

- Il me faut un traducteur chinois dans les trois minutes.

Chapitre 46

L'interprète arriva en moins de dix minutes.

On lui présenta la médaille.

Il fronça les sourcils.

- Le temps presse, insista Alexis Duparc.

- Je suis incapable de traduire.

- Comment ça, vous êtes incapables ? Vous parlez chinois, non !

- Ce ne sont pas des mots du vocabulaire chinois, adressez vous à un autre spécialiste.

- Bon cela ne fait rien, de toutes les manières, je n'imaginais pas que l'histoire d'un homme délivré d'un bûcher et d'autres qui se relèvent puisse nous aider, intervint Aline Ravanella un peu abattue .

Le traducteur se ravisa.

- Mais cette médaille ne raconte nullement une histoire.

- Vous venez de dire que vous êtes incapable de traduire, s'exclama Alexis Duparc.

- Je ne peux traduire une suite de lettres, de chiffres et de signes qui pour moi sont incompréhensibles.

Aline Ravanella et Alexis Duparc se regardèrent.

Ils crièrent de concert :

- Des lettres, des chiffres et des signes mais ce doit être la formule chimique de l'antidote !

EPILOGUE

C'était effectivement la formule chimique de l'antidote.

L'annonce du Ministère de la santé n'avait cependant pas été annulée, elle avait simplement été modifiée.

Les pharmacies avaient été sur- le-champ fermées pendant une semaine.

Toutes nouvelles prescriptions et médications urgentes devaient être fournies par les hôpitaux, le temps de mettre sur le marché suffisamment d'antidotes et de les distribuer à travers l'ensemble des pharmacies du territoire.

Naturellement, il y eut un léger vent de panique, la population ne comprenant pas la raison de cette fermeture, même temporaire.

Il a donc été nécessaire d'informer par la presse que des médicaments suspects avaient été découverts, et que par mesure de précaution, même si, lisait-on, le risque était inexistant, un inventaire bien précis s'imposait. De plus pour compléter cette mesure de précaution, deux précautions valant mieux qu'une, à chaque prescription devait être donné un autre médicament distribué gracieusement par la pharmacie, c'était l'antidote.

L'antidote fit son effet, aucun nouveau décès suspect ne fut à déplorer, et tout le monde s'habituait à prendre en plus de son traitement ce fameux antidote fourni gracieusement par l'Etat.

Certes, le trou de la sécurité sociale s'était un peu plus creusé, mais de quelques milliards d'euros seulement, pour partie par le coût de fabrication et de distribution de l'antidote, et pour autre partie par le remboursement de la perte financière subie par les pharmacies.

Ce n'est qu'incidemment et au bout de trois mois que l'on découvrit des copies de l'antidote.

Etaient-elles dangereuses ? Selon certaines sources certaines le seraient.

Quant à Marc Belot, il avait eu raison de faire confiance au professeur, L'antidote avalé entre Roissy et Paris n'était pas une copie. Il était le premier français immunisé contre le Sangaï.

Maître Moritari lui, faisait partie des rares cas de personnes immunisées par la nature. Son immunité, il la devait à un rhésus sanguin extrêmement rare, que l'on retrouvait uniquement en Chine chez des villageois vivant près de la ville de Nankin.

Les procès en contrefaçon occupaient une grande partie de l'activité judiciaire. La quasi-majorité des étudiants s'inscrivaient dans cette filière, car les avocats spécialisés étaient peu nombreux, beaucoup avaient été traumatisés par cette affaire et donc victimes indirectes du Sangaï. Elles optèrent pour d'autres spécialités.

Marc Belot munit enfin d'un contrat de collaboration prêta serment dans la majestueuse Première Chambre de la Cour d'Appel de Paris.

Juliette ne quittait plus sa médaille. Sur les conseils de Marc Belot, elle déposa son dessin à l'Institut National de la Propriété Industrielle et entreprit de commercialiser des copies. Ce fut un succès commercial foudroyant. Elle abandonna le droit pour se consacrer aux affaires.

Trois années plus tard, Marc Belot et Maurice Moritari s'associèrent.

Marc Belot se souvenait parfaitement du jour où il scella sa plaque à la porte de l'immeuble.

« Cabinet Belot et Moritari
Avocats à la cour.
Spécialisés en droit de la contrefaçon ».

Il avait aussi un tendre souvenir pour son professeur.

Sans lui, il ne serait pas à la tête du principal cabinet d'avocats de la place de Paris.

FIN

27651120R00088

Printed in Great Britain
by Amazon